信·心

家信系列

给女儿的
29封信

李掖平 选编

山东画报出版社

图书在版编目（CIP）数据

给女儿的29封信 / 李掖平选编. -- 济南：山东画报出版社, 2018.10
（"信·心"家信系列）
ISBN 978-7-5474-2948-8

Ⅰ.①给… Ⅱ.①李… Ⅲ.①儿童文学－书信集－世界 Ⅳ.①I18

中国版本图书馆CIP数据核字（2018）第234019号

给女儿的29封信

李掖平　选编

责任编辑　王一诺
装帧设计　王　芳

出 版 人　李文波
主管单位　山东出版传媒股份有限公司
出版发行　山东画报出版社
　　　　社　　　址　济南市市中区英雄山路189号B座　邮编 250002
　　　　电　　　话　总编室（0531）82098472
　　　　　　　　　　市场部（0531）82098479　82098476（传真）
　　　　网　　　址　http://www.hbcbs.com.cn
　　　　电子信箱　hbcb@sdpress.com.cn
印　　刷　山东临沂新华印刷物流集团有限责任公司
规　　格　130毫米×210毫米
　　　　　　　6.5印张　8幅图　80千字
版　　次　2018年10月第1版
印　　次　2018年10月第1次印刷
书　　号　ISBN 978-7-5474-2948-8
定　　价　25.00元

如有印装质量问题，请与出版社总编室联系更换。

建议图书分类：青少年

写在前面

　　书信，作为一种承载着人与人之间沟通情感和传递信息的重要功能的应用文书，是夫妻之间、父母子女之间、师生之间以及亲朋好友之间互通心曲、互诉衷肠、谋求呼应、产生共鸣、达成共识的最好的文字载体之一。尤其是在古中国，人们由于种种原因不能直接相见，或因讲究表达方式的含蓄婉转，好多情深意切的话不好意思当面诉说，所以会常常采用书信这种形式，将情感诉诸笔墨，请人代转或托诸邮驿。在信的字里行间，卿卿我我你思我念之情，互尊互敬你仁我诚之意，揖让进退你恭我谦之态不仅明晰可见（正所谓"见字如面"），而且显得更为委婉曲致温文尔雅，具有独特的美学韵味和艺术价值。而古人对书信的重视和珍爱，早有杜甫《春望》中"烽火连三月，家书抵万金"和张籍《秋思》"洛阳城里见秋风，欲作家书意万重。复恐匆匆说不尽，行人临发又开封"等诗句为证。

继后，经由国内外历代文人墨客如橡大笔的推助，书信渐渐发展为一种绚烂多彩的文学样式。名人书札层出不穷，信函文体精彩纷呈，从而形成了世界各民族特色鲜明的书信文化，一大批堪称经典的书信文本更是脍炙人口广为流传。

至今惊美唐朝诗人王维的《山中与裴秀才迪书》，此信描叙了他与裴迪两人在思想和志趣上的相互欣赏与往来唱和，因其独特的诗歌美感与韵律，被誉为唐朝散文名作；至今难忘林觉民的《与妻书》，信中那以家国天下为己任甘愿为国捐躯的阳刚血性，与浓得化不开的夫妻柔情两相交融互为辉映，令人断肠落泪，更激人感奋；至今印象深刻的还有曾在《读者》杂志上读过的一篇与书信有关的报道：一位法国的父亲自女儿出生后，每年都给女儿写一封长信，当女儿在结婚现场展示出父亲写给自己的22封信，并当场诵读了部分片段后，新娘热泪盈眶，新郎给岳父以深情拥抱，在场的所有宾客也都唏嘘不已，场面感人至深。

今日辑成的这册《给女儿的29封信》，内中既有已产生较大影响力的国内外名人信件，又有专门邀约的当下学者和作家们的现场家书，以联通亲情文化自古至今的代代传承。

这些书信，有的为女儿成长解疑答惑，提点女儿应怎样学习、怎样交友、怎样处事，以助其树立正确的人生观和价值观，具体而务实；有的漫谈广议随意铺叙，从国际金融格局和形势的分析与研判，到人类文明的进化与提升，再到独立个性如何养成，谈天说地、论古道今如神撒缤纷花雨，而内中深蕴生命哲学和科学理性；有的向女儿介绍自己当年的成长历程和发奋努力，激策女儿勤勉读书、积极进取，励志之意跃然纸上；有的生动描述女儿带给父母、带给家庭的快乐时光，告诉女儿自己最大的心愿就是陪伴女儿健康成长，情真意切、鲜活可掬……

这些书信，每一封信都包含着一段鲜为人知的故事，每一种书写角度，都流溢出爱女心切的殷殷亲情。无论是研讨问题时的心平气和、喻之有据；还是规劝教育时的晓之以理、动之以情；或是指点迷津时的诙谐幽默、机巧睿智，每一句话都言之诚恳，每一个字都温暖如春。我在编选时每每共鸣于胸，相信读者阅读时亦会感动入心。

目　录

每一个生命都是奇迹

叶 梅

女儿，你从小喜欢听故事，无论吃饭睡觉、行车走路，你抓紧机会问这问那，听什么都津津有味，那么我给你说说，你是怎么来到这个世界上的。

你出生在湖北恩施，东门河旁的县医院。

与你爸爸结婚的当年，还丝毫没有要孩子的准备，却突然感到头昏腿软，成天只想睡觉，以为是病了。当时我们正在湖南常德探亲，你爷爷奶奶是常德人，并都在那里工作，你奶奶说我领你去医院看看吧。结果到医院一查，说是怀孕了。你奶奶不慌不忙地说："我一猜就是这个。"但我心里好吃惊，我们都还没有足够的心理准备。

怀孕五个月时，单位派我下乡辅导。那时在文化馆工作，除了每年给剧团写一两个剧本，还编辑一本名叫《枫叶》的刊物，每年4期，登小说、散文、歌词、剧本，刊物虽小，但还是吸引了不少业余作者。我的工作又叫创作辅导，时常到乡下文化站去见当地一些作者，看他们写的稿子，然后针对性地谈谈。那次去的是一个叫景阳河的地方，120里曲折蜿蜒的山路。年轻也不知天高地厚，去时坐的客车，但好几天才一班，回来时不赶趟，便搭了一辆货车。

司机开始就有些不愿意，说驾驶台已经坐满了，景阳河文化站的干部帮着说了好话，才答应让我坐到货车上面。我就腆着肚子爬了上去，货车上面倒是空的，却没有任何东西可坐，一路站着颠簸回到城里。第二天一早就感到不适，肚子疼得钻心，我吓得浑身发紧，心想这下孩子难保了。赶紧到医院去，幸亏碰到一位有经验的医生，大慈大悲地说还可以将息，但再来晚一些就难说了。立刻打了保胎的黄体酮针药，提心吊胆地过了几天，谢天谢地，算是没出什么危险。

女儿，你就这样还没面世就经历了一次风险。

女儿，你似乎特别敏感，文化馆里经常锣鼓喧天，有时候还会放鞭炮，噼啪一声响，你就在妈妈肚子里一跳。

你知道吗？你第一次在妈妈肚子里动弹，是在一个月黑风高的夜里。那一次，我又独自到沙地乡文化站去辅导，住在一幢木楼里，那里平时只住着文化站的一个干部，那天晚上他回到乡下的家里去了。黑咕隆咚的夜晚，就只有我一个人睡在这幢两层木楼里，只听四处的楼板咯吱咯吱响，总像是有人在朝我睡的房门前走近，有好几次都像是停在了门口。

我在暗夜里浑身冷汗，恐惧地瞪大眼睛，可灰蒙蒙的蚊帐外头什么也看不清。我猜想那些响动是老鼠在奔跑，可又怀疑是不是进来了贼？就在那极其恐惧之时，女儿，你在妈妈肚子里突然动弹起来，我惊喜地感觉到你有力地踢蹬，一下、又一下，仿佛气壮山河地宣布你的存在。一阵巨大的新鲜喜悦顿时从天而降，我周身都有了力量，什么都不害怕了。女儿，有你的陪伴，妈妈一下子变得好强大呵。

怀孕八九个月时，肚子小山一样耸立，低头连自己的脚都看不见了。原先所有的衣服裤子都不能穿，对襟棉衣的扣子也扣不上，做一件棉衣里外至少得一丈多布，哪里寻去？只好将就着缝几根带子将左右衣襟勉强拉到一起，胸前的遮挡就格外单薄，冬天走在街上，北风凉嗖嗖的，像是吹透了胸膛。

走路艰难，睡在床上连呼吸都艰难，翻身更是一项不小的工程，先得收腿，再借用肩膀、背甚至头的气力，上下用劲连顶带蹬。洗脚、穿鞋也是极为费劲的事，若是没有人帮忙，就只好湿淋淋地抬起来脚来，等它自己晾干，而鞋是没有鞋带的，捅进去趿拉着罢了。

那天半夜，睡在梦中突然感觉身上一热，惊醒过来，知道是羊水破了。可离预产期还差几天，于是心中不慌，第二日早起步行到县医院门诊，耐心排队等候。大夫是位修饰洁净的50岁左右的女性，三言两语一问，即刻变脸作色，二话不说叫来担架，让护士立即将我抬到产房去，一边说："简直不要命了，羊水破了快10个小时还走路到医院，你们这些年轻人简直一点常识都没有。"她的话不假，那个年代，关于人的知识是被封闭的，怀孕之后我只做过一两次检查。

女儿，你算是又经历了一次风险。

在产床上躺了两天一夜，到第二天的半夜，一阵阵疼得我恶心冒冷汗，呕吐了好几回，医生说："不能再等了，剖腹吧。"1982年3月4日的清晨，我被推进手术室打了麻药，被捆住双手双脚，恐惧不安地看着主刀大夫消完毒，高举着双手走过来，心想，我以后再也不要生孩子了。

那大夫举起刀，准备剖腹，可她凑近一看，突然说："咳，头发都看得见了，还剖什么？快拿产包来！"就在这一刹那，不知从何处传来一股力量注入我的身上，一使劲，只觉流水似的"哗"一下，世界在一瞬间变得轻松平坦。

女儿，我一侧脸就看见了你。你皱巴巴红通通的，被护士拎在手里，一双小脚就像两朵粉嫩的莲花，头上卷曲的乌发，黑眼珠子竟然在滴溜溜地转，嘴一瘪一瘪的，哭个不停。医生说："女儿，6斤3两。"

我松了一口气，觉得你还算够分量。要知道怀着你时，妈妈并没有吃什么好的。你爸爸在那段时期连续生了两场病，两次住院治疗，我常常要步行十多里到医院看望你爸爸，等回到文化馆那间小屋时，天总是快黑了，饿得我饥肠辘辘，就用煤油炉煮上一大碗面条，放上些辣椒算是一顿晚饭。你后来一直长得不胖，或许就是怀你时营养不够的原因。

但女儿，你终于安全地来到了这个世界上。

其实所有的人来到世上都不容易，只是每个人都有自己不同的曲折路径，就像到西天取经的唐僧师徒四人，在生命的历程中需经过千难万险，最后才得以见天日。女儿，每个生命的诞生都是来之不易的奇迹。

我们必须尊重生命。

感谢上天将你赐予我。

叶梅（1953—　），中国作家协会主席团委员，著有小说集《撒忧的龙船河》《五月飞蛾》《最后的土司》《歌棒》，散文集《我的西兰卡普》《朝发苍梧》《大翔凤》等，有多部作品翻译成英、法、德、阿拉伯等多种文字。在给女儿的这两则书信中，作者告诉女儿，每一个生命的诞生都是奇迹，要以无比的庆幸尊重所有的生命。对于人生而言，妈妈对女儿的祝福，第一永远是健康快乐。字里行间渗透了对女儿的爱与期盼。

写给二十年后女儿的信

杜立明

一凡吾女：

爸爸给你写这封信的时候，你正在安睡。正值秋夜，你裹着小碎花的薄被子，灯光被我调暗，刚才拿作道具的小布老虎，也在你枕头边上，安静下来。我也安静下来，有你在身边，在这样微凉的夜里，安静是很容易的事情，什么都不重要了，这样守着你，就像守着一屋子的月光。

这封信，是写给二十年后的你。也许到那个时候，你会读懂爸爸今天说的，今天提前说出来，就像制造出一件文玩，经过时光的打磨，会有包浆出来。时间会让一切更有意义。

你来到这个世界，四年零八个月了，每一天都有不同的变化和意义，都像个奇迹。我在想，是不是每一个身为人父的都这样呢？

2014年正月初七，你来到这个世界的时候，我正经历一段生命黑暗的时光，独自一人奔跑在城市和乡村。后来积累的文字，骑行全国的东西南北四个方向，留给你的哥哥；《百城记》，在一百多个城市奔跑的记录，我想送给你。我不知道，你和哥哥以后会不会静下心来阅读？那里，有我想要说的。如果我老到可以离开这个世界了，最起码还有爸爸和这个世界的部分对话，你可以看看。你来了之后，我开始放弃熬夜，我必须尽可能老得慢一点，等着你长大。等可以的时候，我骑单车或者开车带着你，流浪一段日子。

你是如此乖巧、听话，一岁多，你就开始自己吃饭，你一直都很安静，不哭不闹，自己可以玩很久。爸爸愿意和你在一起，怎么样都好。你特别有精力，睡得晚，很多次我回到家，你自己在客厅玩玩具或者看电视，妈妈在卧室睡着了。妈妈和哥哥去香港，我们两个人在家里，你特别乖，我们说好的九点多睡觉，到点你就爬到床上去了。

你特别喜欢劳动，三四岁的孩子，和我一起打扫卫生，光着屁股，涮拖把，拖地，爸爸给你录像了，你长大后看看，一定会很奇怪。每次给鱼缸里的那几条小鱼换水，你都很勤快，跑过来，把鱼抓到另一个小盆里。爸爸炒菜，你也会跑过来，让爸爸抱着，看爸爸炒菜。

爸爸下载了一个软件，叫亲宝宝，和你在一起，我会拍一些照片，传到上面，再做些文字的记录。我不知道它们未来的命运，但是为你做一些事情，是我幸福的一部分。

你特别喜欢学习，主动提出来要学英语，有一次和妈妈说："我要学舞蹈。"你还学习着尤克里里，都是你喜欢的。你最喜欢的是画画，不需要别人教，最初是我看书，你就爬过来捣乱，在每一本书的空白页、扉页，你都涂鸦了。之所以如此，是因为这样能够留存，而且我也都在你涂鸦的下面，做了记录：时间和心情。如果以后，你读书，首先读到的会是自己的画作。稍微大一点，你就开始在电视或者电脑上学画画，越来越好，很有艺术的感觉。我给你整理了特别多，记录都是我在做，也许上小学前，我会为你出一本好玩的书。

爸爸不知道你成长的这二十年，会发生什么，这是我们人力所不能控制的。刚才，你来到爸爸身边，说："爸爸，我是医生，我来给你看病，你的身体里有虫子。"你拿了一个钥匙样的东西，假装打开我的身体，拿出来虫子，做了个"扔"的姿势，说："好了，扔了。"接着你用钥匙把我的身体关上。你是个医生，不仅能治疗我身体上的疾病，也能治疗我的灵魂，我们靠着身体里的虫子活着，被折磨是我们的命运。这二十年，你和我，都会发生很大的变化，你长大，我老去，这是自然规律，谁都抗拒不了。你哥哥小时候说："爸爸，我不想长大，我长大你就老了。"不管他想不想，他现在长大了，十七岁的男生，已经高过了我，一米九二了。哥哥牵着小小的你走在超市卖场，像一道风景。你也会长大，很快，你也会叛逆，也会有自己独立的人格，也会有喜欢的男孩子，也会经历生命应该有的一切悲欢，幸与不幸。每个父亲都只能陪孩子们一段的路程，这很正常。爸爸不知道能陪你到哪一天，我会尽可能多锻炼身体，不是因为怕死，而是不想让你孤单。但是总有那么一天，我们会分开，爸爸会去另一个陌生的维度，我相信我还存在，只是你看不到爸爸而已。爸爸爱你，说这些还有些过早，我们且珍惜吧。

说实话，即使在这二十年里，爸爸也不能时时刻刻陪在你身边，我们都有自己的时间和空间，尤其在你上学之后，你会有一个新的世界，也会有一帮新朋友。爸爸能给你什么忠告吗？我在想，其实很简单，我和哥哥也说过：过一个有理想的人生。这个理想，在一些细节上会随时间而变化。还有重要的一点，要养成读书的习惯，有了这个习惯，即使爸爸不在你身边，也还有很多的朋友陪着你，和你说话，给你生活上的建议。父亲对女儿的忠告，很多父亲都写过了，你可以看看，我不想多说。爸爸希望你会有一个好的性格，懂得取舍，不可以太过固执。学会爱自己，才能懂得如何爱别人，夫妻之间是最难相处的，彼此尊重，才能幸福。

妈妈早就睡着了，你又跑过来，给我捣乱，坐在枕头上，把臭脚丫伸到我嘴边，如是再三，你就知道欺负爸爸。爸爸在家，你都会缠着我讲故事。爸爸几乎不按照书本上的讲，但是妈妈再讲一遍的时候，你就知道了，你和我说："不许胡乱讲。"但是爸爸胡乱讲的故事，你很喜欢，每一次故事的主人公都是你。每次送你去幼儿园的路上，都是给你讲小蚂蚁的故事，每次都是现编。现在你画的每一幅画，都是一个故事，你口述，我记录。原来，我写了很多流水账，整理成了一本书叫《两个男人和一个女人的流水账》。没想到，现在，又多了一个你。你是一个新的主角，哥哥那么喜欢你在乎你，有哥哥在，以后我也放心。每一次爸爸带你去超市，你谁都落不下，你自己会给他们挑选好吃的，这个是给哥哥的，那个是给妈妈的。爸爸是个有野心的男人，所谓的野心就是旷野之心，等你十岁，哥哥也大学毕业了，爸爸想带你们做一次长途旅行，去我曾经独自奔跑过的城市和山林。我们都是荒芜之地的神。

　　昨晚十一点，妈妈和哥哥都睡了。爸爸开着门洗澡，你搬来凳子，把曲谱放在架子上，坐在门外面给爸爸弹尤克里里，你弹了一曲简单的《找朋友》。爸爸是你的第一个朋友。洗澡出来，你弹完曲子，爸爸给你换上草莓印花的睡衣，你说，你必须给我讲个故事，我才能睡着。我说，爸爸给你讲个《小蚂蚁》吧，你说，讲一个《小老虎牙疼》的故事。讲完故事，我把灯光调暗，上楼想要写点什么，时间已经十二点了，我也有些疲惫。这就是人生。窗外的秋雨，窸窸窣窣，我们在生活之外，也在里面，在这样单纯的爱里深陷着，是人性最本来的样子。

以后的日子，还有很多未知的美好等着我们。有你在，有哥哥在，我就是为爱打工的最幸福的父亲。

一凡吾女，爸爸爱你。

2018年9月16日凌晨

杜立明（1972—　），山东聊城人，现居淄博。写诗，兼及小说、散文。著有诗歌集《五月的最后一天》《四月》《我的诗经》等。中国作家协会会员。这封写给20年后的女儿的信，以浪漫的诗性、飞扬的想象、哲理的思考和跳脱的文字在现实与未来两个时空中，描述了女儿在长大、父亲在老去的未来20年间，父爱一直都会在场的动人情景。

给我未来的孩子

张 梅

孩子，我首先希望你自始至终都是一个理想主义者。你可以是农民，可以是工程师，可以是演员，可以是流浪汉，但你必须是个理想主义者。

当你童年，我们讲英雄的故事给你听，并不是要你一定成为英雄，而是希望你具有纯正的品格；当你少年，我们让你接触诗歌、绘画、音乐，是为了让你的心灵填满高尚的情趣。这些高尚的情趣会支撑你的一生，使你在最严酷的冬天也不会忘记玫瑰的芳香。

理想会使人出众。

孩子，不要为自己的外形担忧。理想纯洁你的气质，而最美貌的女人也会因为庸俗而令人生厌。通向理想的道路往往不尽人意，而你亦会为此受尽磨难。但是，孩子，你尽管去争取，理想主义者的结局悲壮而绝不可怜。

在那貌似坎坷的人生中，你会结识到许多智者和君子，你会见到许多旁人无法遇到的风景和奇迹。选择平庸虽稳妥，但绝无色彩。

不要为蝇头小利放弃自己的理想，不要为某种潮流而放弃自己的信念。物质世界的外表太过复杂，你要懂得如何去拒绝虚荣的诱惑。理想不是实惠的东西，它往往无法带给你尘世的享受。因此你必须习惯无人欣赏你，学会精神享受，学会与他人不同。

其次，孩子，我希望你是一个踏实的人。人生太过短促，而虚的东西又太多，你很容易眼花缭乱，最终一事无成。

如果你是一个美貌的女孩子，年轻的时候会有许多男性宠你，你得到的东西过于容易，这会使你流于浅薄和虚浮；如果你是一个极聪明的男孩，又会以为自己能够成就许多大事而流于轻佻。

记住，每个人的能力有限，我们活在世上做好一件事足矣。写好一本书，做好一个主妇。不要轻视平凡的人，不要投机取巧，不要攻击自己做不到的事。你长大后会知道，做好一件事太难，但绝不要放弃。

你要懂得和珍惜感情。不管男人女人，不管墙内墙外，相交一场实在不容易。交友的过程会有误会和摩擦，但你想一想，偌大的世界，能有缘结伴而行的又有几人？你要明白朋友终会离去，生活中能有人伴你在身边，听你倾谈，倾谈给你听，你就应该感激。

要爱自己和爱他人，要懂自己和懂他人。你的心要如溪水般柔软，你的眼波要像春天般妩媚。你要会流泪，会孤身一人坐在黑暗中听伤感的音乐。你要懂得欣赏悲剧，悲剧能丰富你的心灵。

希望你不要媚俗。你是个独立的人，无人能抹杀你的独立性，除非你向世俗妥协。要学会欣赏真，要在重重面具之下看到真。

世上圆滑标准的人很多，但出类拔萃的人极少。而往往出类拔萃又隐藏在卑琐狂荡之下。在形式上，我们无法与既定的世俗争斗，而在内心，我们都是自己的国王。如果你的脸上出现谄媚的笑容，我将羞愧地掩脸而去。世俗许多东西虽耀眼却无价值，

你的心如溪水般柔软，你的眼波像春天般妩媚。

不要把自己置于大众的天平上，你会因此无所适从，人云亦云。

在具体的做人上，我希望你不要打断别人的谈话，不要娇气十足。你每天至少拿出两小时来读书，不要想着别人为你做些什么，而要想着怎么去帮助他人。

借他人的东西要还，不要随便接受别人的恩惠，要记住，别人的东西，再好也是别人的，自己的东西，再差也是自己的。

还有一件事，虽然做起来很难，但相当重要，这就是要有勇气正视自己的缺点。你会一年年地长大，你渐渐会遇到比你强、比你优秀的人，你会发现自己身上有许多你所厌恶的缺点。这会使你沮丧和自卑。你一定要正视它，不要躲避，要一点一点地加以改正。战胜自己比征服他人还要艰巨和有意义。

不管世界潮流如何变化，但人的优秀品质却是永恒的：正直，勇敢，独立。我希望你是一个优秀的人。

张梅（1958—　　），广州市作协副主席。这封写给女儿的信，从对女儿自始至终都应该是一个理想主义者的希望出发，鼓励女儿拥有正直、勇敢、独立等优秀品质。文字间敞开的是感性、真诚、抒情的魅力。

杨澜写给女儿的信

杨　澜

1. 养成看书的习惯

在与别人交往的过程中，谈吐与修养是最能征服别人的。喜欢看书的女孩，她一定是沉静且有着很好的心态，一定是出口成章且优雅知性的女人。拥有品位，品味是一个人去观察事物时的态度，同样的东西，不同的人眼光下会出现不同的版本。在某些程度上，一个人的品位与她的气质是相辅相成，品位的高低取决于一个女孩在日常生活里对新事物的发现。

2. 要试着发现生活里的美

不要总提醒着自己遇到的不幸，要知道在这个世界上有着很多人比你还不幸，只要能够抬头看到阳光就是幸运的，一个人把自己标榜成什么样，她就只能生活在自己给自己设下的心牢里，只有积极向上的情操才会让生活变得美好，相信明天一定比今天会好，只要你努力了，社会一定是公平的，不要抱怨生活，否则只能证明你自己没有真正地去努力。

3. 跟有思想的优秀人交朋友

要开始有目的性地去选择朋友，社会中的人脉非常重要，不要轻易地交朋友，但是想交朋友，你就要对他们付出真诚，你对别人好与不好，别人也都清楚地看得到。用自己的真诚与那些有思想的优秀人交朋友吧！

4. 远离泡沫偶像剧

电视里的白马王子与灰姑娘都是生活里的男孩或女孩向往的，它并不是真的存在的，女孩子不应该再沉溺于这种造假的童话氛围里了，否则就会让它们直接影响自己的人生观与价值观，像一夜暴富或是一夜间一贫如洗在生活里或许会有，爱情与亲情也没有影片里的那样决绝与残忍。

5. 培养健康的心态，重视自己的身体

身体是最重要的，相信每个人都知道，但是在真的做起来时，并不是一件简单的事情。二十几岁的女孩在饮食方面已经应该开始注意了。

6. 学会忍耐与宽容

因为可能有些时候就因为你的计较会让你失去自尊，成为被人指责的没有教养的女人。给那些不友好的人善意的微笑，既能够让对方无地自容，也能够给别人留下大度且善解人意的好印象。忍耐并不是懦弱，也不是伤自尊，而是宽容美。生活里会遇到很多不公平的事情，也会遇到很多让你无法接受的人，我们不能试着去改变别人，与其非常愤怒地大声指责别人的行为，不如怀着理解的心态给对方一个微笑，任何一个人都不会去伤害一个善良的人。

7. 让美貌成为你的资本

在适当的时候让你的美貌掌握着足够的发言权。漂亮的外貌并不是每个女孩都拥有的，让漂亮的外貌成为你的资本，在需要的时候用使用一下，它可以开启你人生中的很多困境，虽然有时候有人说漂亮的女孩都是花瓶，但是花瓶如果摆在了合适的位置，它就是艺术品。有着美丽的外表又有着智慧的内在，才是优秀的女人。

8. 离开了任何一个男人，你都会活得很好

感情的事情并不是谁能把握得了的，为什么要因一个男人而让自己陷入不愉快的心情中呢？一个不懂得欣赏你的男人，没有资格让你为他难过悲伤。每一个女孩都是美丽的，她在等待着一个懂她的男人出现，某个男人的离开，只能说那个懂你的男人还没有出现，男人不是女孩生活的全部。曾经我也以为我离开了他我不能活了，后来我问自己一百遍：离开了他，我还能不能活？结果有一百二十遍回答是：我会活得很好。女孩们千万不要践踏了自己，不要以为委曲求全就能换来一个男人的爱情。爱情是美丽的，女孩子也是美丽的，不容任何一个男人亵渎！离开那个不懂欣赏你的男人，这就是最华丽的转身，虽然心有不甘，但是痛苦的折磨反而让自己没有精力去经营你的工作或学习。

9. 有理财的动机，学习投资经营

女孩到了二十几岁，就要开始学会理财了，不管现在你的收入有多少，都要为你的明天打算，聪明的女人应该知道如何花钱，其实这也是一门艺术。

杨澜（1968—　），生于北京。中国电视节目主持人、媒体人、传媒企业家、慈善家。阳光媒体集团主席和阳光文化基金会主席。开创的中国电视第一个深度高端访谈节目《杨澜访谈录》，在全球华语观众中具有较高美誉度。被福布斯评为全球最具影响力的100位女性之一。这封信从养成看书的习惯、培养健康的心态、学会忍耐与宽容、学习投资经营等多个角度，给女儿提出了切实可行的建议，充分体现了一位知性母亲理性、务实、系统性强的思想性格特点。

谈独立、谈睡眠

刘　墉

谈独立

外面有人按铃，你不能只会喊爸爸妈妈去开门，而要自己去应对；有人打电话来，你得小心记下对方的名字、电话……

上个星期我由亚洲回来，带给你一些大陆记者送的小礼物。

"好漂亮哟！"你看到一个贵州女孩送的剪纸，

大声叫着。

"这个也很有意思！他们怎么会想到用压花的方法呢？"你又拿着一个山西女孩送的书笺说。

听你这么讲，我好高兴，想大陆读者真是送到你心坎上了。可是一转眼，你上楼了，剪纸和书笺全留在茶几上，我想你是忘了拿，没想到，隔天、再隔天，那些东西还留在楼下，提醒了你两次，也不见你行动。

"你不要了吗？"我问你。

"我要！"你说。

可是，东西还留在茶几上。

前天下午，我在阳台种花，顺便到你的厕所洗手，看见你把隐形眼镜盒、牙刷、牙膏和漱口杯放得整整齐齐。可是突然觉得脚底下踩到什么东西，低头看，原来是你的内裤。

"你为什么内裤都不收好呢？"你放学，我问你。

"因为要洗了。"

"要洗了，为什么不放到洗衣篮子里呢？"

"我没有洗衣篮，而且妈妈会收。"你理直气壮地说。

今天下午，我正写文章，电话响，来电显示是王妈妈，我想你一定会接，因为你知道王妈妈正为你约一个伴奏碰面。

可是电话一直响，你都没接，最后我只好接起来，文思却因此被打断，好久才能恢复。

"你为什么不接电话呢？"我写完文章，出来问你。

"我以为你会接。"你居然不以为然地说，"而且你不接也会上答录机，妈妈自然会听。"

好像很有道理的样子。

孩子！现在我不能不说你了。

你知道美国法律为什么规定十三岁以上的小孩可以独自在家，甚至可以出去作baby-sitter吗？

那表示，十三岁以上的孩子不但可以照顾自己、照顾家，甚至可以照顾别人。

你已经十四岁，早应该学会独立了。

独立，第一件事就是要对自己负责，不能再像小孩子，什么事都交给父母。

你有你自己的房间、自己的书桌，既然那些书笺和剪纸是送给你的，你又已经收下，就应该拿到你的房间去，从此成为那些东西的主人。就算家里只有你一个孩子，也不能把每个角落都看成你的地盘，或等着我们把东西放到你桌上。

独立也表示你长大了，有了私生活。不能像小娃娃一样乱丢内衣，或光着身子乱跑。早上起来，你要知道梳好头再出房间，就算假日，也不适合到下午还穿着睡衣。

你甚至应该学会，在洗澡的时候自己洗内裤，那是女孩子贴身的衣物，要特别干净、特别隐私。所以不但中国人避免把内裤挂在外面，连西方社会也视为禁忌。

你想想，如果有一天，家里来了客人，进楼上浴室，发现你的三角裤扔在地上，人家会怎么想？

人家可能说我们把你惯坏了，也可能说你缺乏教养。

我甚至要跟你讲，你把牙刷、牙膏排列在洗手台上，固然很整齐，但也不全对。

为什么？

因为那是属于大家的地方，虽然百分之九十由你一人使用，你也要考虑剩下的百分之十，如果台子全被你占了，别人还用什么呢？今天下午，要不是我小小心心，能不弄倒你立着的电动牙刷吗？

如果我不小心，碰倒了，又不巧，滚进了马桶，怎么办？

最后，我要说，独立是你要独自面对问题。

外面有人按铃，你不能只会喊爸爸妈妈去开门，而是自己去应对；电话推销来了，你不能把话筒丢给父母，而应该自己去应付；下起倾盆大雨，你发现阳台积水了，父母又不在家，你得冒雨出来，把堆在出水口的朽叶抓起来扔掉；有人打电话来，你得小心记下对方的名字、电话，如果对方要你转告事情，你得立刻写下来，而且在我们一进门的时候就说。

孩子！听我数落你这么多，你非但不必不高兴，还应该高兴呢！因为那表示你真的长大了，不再是躺在我肚皮上睡觉的小猫，和坐在我腿上"骑大马"的小女孩。

你已经成为我们家的小小女主人，只要爸爸妈妈不在，你就成为独当一面的户长了；你要帮公公婆婆翻译、叫计程车、接电话，甚至监督园丁剪草修树。

你的眼睛会愈来愈亮，既有女孩子的温柔，又有女主人的威仪。

你说你不是应该很得意吗？

2006年10月30日

谈睡眠

随着你升入高年级，会愈来愈觉得时间不够用。

你要用时间的紧迫逼自己有更高的效率，而非用恶性循环的拖延，使自己损失睡眠与健康。

1. 谁不希望睡到自然醒

今天早上七点，你妈妈的闹钟响，把我吵醒了，可是见她瞄了一眼闹钟，继续睡，我猜一定时间还多，就没吭声。直到过了半个钟头，还不见她起床，才推她，问她要几点起，妈妈醒过来，看看钟，立刻跳了起来，说糟了！怎么没听见闹钟响呢？当时已经七点半了，而你必须七点五十分到校。

看妈妈急着去浴室梳理，我就先跑到你房间看，想你一定早准备好了。没想到，你也还在被窝里。我问你为什么还不起床，你说马上会起，我又说已经七点半都过了，你就哇的一声立刻坐起来；一边匆匆忙忙穿衣服，一边怪妈妈为什么没叫你。你自己又为什么把闹钟按了下去？

看你抓了一根香蕉，头发都没来得及绑，就匆匆忙忙地跟妈妈出去，我觉得有必要跟你谈谈你的睡眠规划。

最近常听你抱怨睡眠不足，怪学校功课太多，有一堆考试，又怪自己为什么总需要睡八个小时才够，还说羡慕那些一天只睡五六个钟头的同学。

其实你不必为自己睡得多而自责，因为你正在成长期，青春期的孩子本来就需要较多的睡眠。"生长激素"多半在睡觉的时候分泌，所以如果你睡不好，就容易影响发育。

而对那些已经发育完全的大孩子，就不必太多睡眠了。我最近看到一个统计，说美国高中生一般只睡六个钟头，回想你哥哥高中时甚至一天还睡不到五个钟头，他们照样发育得很好，可见当你度过这个"急速的成长期"，自然就不会那么爱睡了。

由此可知，而今你睡下去就起不来，不一定是因为懒，而是由于生理需要。所以我建议你检讨一下，能不能在"醒着的时候"快一点，使自己能早点上床，而非cut你的睡眠时间。

2. 每个人都会拖

一生有一生的拖，中国人常讲"少壮不努力，老大徒伤悲"，那是拖了少年时。相同的，一个月又有一个月的拖，你不是每到学期结束前，就特别忙吗？那是因为前面大半个学期都比较放松，造成功课的堆积。

往再小的地方看，其实一天也有一天的拖。举个例子，昨天你因为参加学校社团，六点多才到家，先坐在沙发上看电视卡通，接着去吃饭，吃完饭看你进房间了，我有事要问你，原以为你在做功课，却发现你躺在床上睡着了，醒过来之后，又坐在那发愣，还怪自己爱睡觉，直犯脾气。

好！让我们回头算一算，你刚回家时看电视花了多少时间？吃完饭打盹用了多少时间；打开书包，一边懒洋洋地拿出书本，一边开电脑，再看看信箱又花了多少时间？如果你把这些时间浓缩一下，进门先把书包里的东西拿出来，看看有多少功课，心里有个计划，同时看你的"伊媚儿"。然后一边吃饭，一边看看电视，吃完饭赶紧上网查资料，开始写报告。你又会拖到一点多才睡觉吗？所以总要拖到很晚才上床的人，常不是时间真不够用，而是由于前面拖了。

人很妙，你会发现考试之前，读书特别专心。你也会发现，如果一天有五样作业，你做第一样花一个半小时、第二样花一个小时、第三样花五十分钟、第四样花四十分钟，等你做第五样的时候，看看时间，已经很晚了，很可能只花二十分钟就完成了。但是相反的，同样的功课，你倒着来——先做第五样，再做第四样、第三样……那第五样可能就花你一个多小时，第一样却反而只花三十分钟。

这也是因为心情的轻松，造成拖；那拖你不一定明显感觉，只有当你细细比较之后才会发现。

从这条路想下去，如果你从一开始，就以"当时已经深夜十二点"的心情去面对，会不会就能效率特佳，省下不少时间呢？

我也曾经以台湾的一个中学生做实验。他的功课比你还忙，每天觉都不够睡，所以回家也常躺在沙发上就睡着了，被拉起来之后，也常要发呆个半天才能进入工作状况。他妈妈来找爸爸谈，说孩子总睡不够，如果不先小睡一下，读书的效果很差；先让孩子睡一阵，又会因为开始得太晚，拖得很迟才能上床。

我就建议她为孩子做个统计："你试试看，孩子一进门就让他先睡个觉，然后起来吃饭，再做功课，会造成几点上床？相对的，你不准他先睡，叫他早早就开始做功课，又会几点钟上床？"

你猜结果是什么？结果是：她如果先让孩子睡九十分钟，孩子是一点上床；她如果不让孩子先睡，孩子是十二点半上床。前面睡了九十分钟，才迟了半个小时睡觉，我请问你，那多出来的一个钟头跑到哪里去了？

　　相信你一定猜想出，因为拖掉了。当那孩子发现时间还多的时候，就慢慢做。反不如先睡了一觉，"起步"晚，时间已经不早，心情紧张下，怎得注意力集中？而且你知道吗？因为那孩子先睡了九十分钟，不但加起来的睡眠时间比较多，而且因为精神好，头脑清楚，反比不先睡一下，十二点半上床的成绩进步不少。

　　孩子！随着你升入高年级，会愈来愈觉得时间不够用，而不得不减少你的睡眠，如果你还希望睡得饱饱的，恐怕也得为自己作个睡眠和工作规划了。你要用时间的紧迫逼自己有更高的效率，而非用恶性循环的拖延，使自己损失睡眠与健康。

2006年10月23日

　　刘墉（1949—　　），被称为"沟通青少年心灵的专业作家"。在这封信中，父亲从生活中点点滴滴的小事入手，由小及大，由浅入深，与女儿畅谈如何学会独立，怎样才能高效率睡眠。

周国平写给女儿的信

周国平

啾啾：

从这个暑假说起吧。这是你上大学后的第一个暑假，在纽约州偏远的汉密尔顿学院苦修了一年，终于盼来一个长假，原以为你会多待在家里，或者在国内到处玩玩，没想到你比以往任何时候都忙。

假期的一多半时间里，你和一位同伴忙于做一台被你们称作"浸没式多媒体肢体剧"的戏剧。从招演员到租场地，从编导到排练，从宣传到售票，你忙得不亦乐乎，天天早出晚归，不见人影。看你这么充满热情，我当然支持，但不免悬着一颗心。实验戏剧是小小众的玩意儿，你们又是初出茅庐，我担心现实会给你泼下一大盆冷水。

四场演出，我看了首尾两场，放心了。非专业的演员，临时结集，皆情绪饱满，配合默契，用动作、表情、声调演绎生命的爱和困惑，水平高于我的预想。最让我惊讶的是，国内小剧场的实验戏剧基本赔钱，而你们居然小有盈利，可以让剧组二十几个年轻人吃一顿庆功的宴席。我心中由衷地呼喊：孩子们，你们真可爱！

你是在上高中时喜欢上戏剧的。其实，你喜欢上戏剧，这本身就让我想不到。从中考开始，你给了我一连串想不到。

初中毕业，你坚决地表示，不想继续在应试体制里做一个好学生了，于是报考了十一学校国际部，确定了出国留学的去向。在十一学校，戏剧是你的选修课之一，而你很快成了学校剧团的骨干演员。我去看过你的演出，想不到平时拘谨的你在舞台上如此放得开。

高中毕业前夕，没有麻烦父母，更没有依靠社会机构，你自己把申请美国大学的事搞定了。

进大学后，在选课、参加社团等事情上，你也都是自己拿主意，戏剧仍是你选课的重点。这所学校亚裔学生极少，绝大多数是白人学生，你很好地适应了环境，在不同肤色的学生中广交朋友。我完全想不到，从小受宠爱的娇女儿能够如此独立自主，性格内向的小淑女能够如此开朗合群。

到目前为止，戏剧是你的最爱。那么，戏剧会成为你将来的职业吗？干这一行可不容易，你会如愿或者成功吗？事实上，你周围的亲友或多或少表示了这样的疑虑，我不妨说说我的看法。

首先我要说，这样的疑虑毫无必要。一个人对一个领域有真实的兴趣，满怀热情，并且有毅力去克服各种困难，这是一个非常好的状态。但凡出现了这样的状态，就好好在其中享受吧，不要去问将来有没有前途之类的庸俗问题。

兴趣比职业伟大，兴趣的价值不取决于它能否成为职业，没有成为职业丝毫无损于它的价值。如同杜威所说，兴趣是能力的可靠征兆。在兴趣的引导下认真做事情，相关的能力就得到了良好的生长。

在一个人的成长过程中，具体的兴趣指向可能发

一个人对一个领域有真实的兴趣，满怀热情，并且有毅力去克服各种困难，这是一个非常好的状态。但凡出现了这样的状态，就好好在其中享受吧，不要去问将来有没有前途这类的庸俗问题。

生变化，但这个变化一般不会超出天赋所规定的范围。因此，即使你将来的事业不是戏剧，你通过戏剧获得了生长的能力，例如对人性的理解、对社会的思考、想象力、鉴赏力等，也一定会在未来的事业中发生作用。我坚信，凡用心学来的东西，都不会白学的。

那么，正因为此，其次我要说，无论你多么喜爱戏剧，都不要怀着一种专业化的心态。大学本科是打基础的阶段，目标是素质的优秀。人文学科的各个门类是相通的，在博的基础上才有高质量的专。兴趣不妨集中，但不可单一。

在求知的道路上，没有兴趣的人是在原地踏步，兴趣狭窄的人则往往走不远，二者都反映了素质上的缺陷。青年人充满好奇心，在大学阶段接触诸多新的知识领域，适当的兴趣广泛是自然的倾向。条条大路通罗马，要善于通过不同的兴趣点走向自己的目标。兴趣必须靠素质护航，唯有素质优秀，兴趣才能转化为实力，在未来不可预测的复杂因素中开辟出真正适合于自己的事业。

我这么说，并无批评你的意思，只是一种提醒。事实上，你在大学第一年还选修了哲学、艺术史、摄影等课程。你是有哲学的悟性的，小时候提过许多哲学性质的精彩问题，我都写在《宝贝，宝贝》这本书里了。我无意让你继承父业，专习哲学，倘这样就太可笑了。我只是希望你发展这方面的禀赋，因为在文科任何领域包括戏剧上要有大的气象，哲学底蕴是不可缺少的。

这封信就写到这里，归结起来两句话：兴趣比职业伟大，素质为兴趣护航。

爸爸

2017年8月10日

周国平（1945—　），中国社会科学院哲学研究所研究员，中国当代著名学者、作家、哲学研究者。代表作有《尼采：在世纪的转折点上》《尼采与形而上学》《守望的距离》《各自的朝圣路》《人生哲思录》《周国平人文讲演录》等。在这封信中，父亲以明晰的理性和客观的辨析，告诉女儿兴趣远比职业伟大，在兴趣的引导下认真做事情，相关的能力就得到了良好的生长，但兴趣必须靠素质护航，唯有素质优秀，兴趣才能转化为实力，鼓励女儿要善于通过不同的兴趣点走向自己的目标。

雨、童心与时光

谢明洲

从齐鲁医院南门出来的时候，空中正飘下细雨。

丝丝缕缕，轻盈而柔润。

毕竟处暑已过，时将白露，凉意明显重了。

回到家，脱掉雨水淋湿的衣服，擦一把脸，我就躺下了。

有些累，有些恍惚，有些意外，有些紧张，甚至有些担忧和恐惧。

从你住进医院，这几天一直这样。

没想到你的胆会有问题，而且到了必须切除的地步。

尽管医生说是个小手术，是个"介入"手术，但我和你母亲还是十分紧张，心里有不小的压力。心脏，肝，胆，胰，脾，肾——胆，也是人体的重要器官啊！

全身麻醉，将胆全部切除，……

从2点50分你被推进手术室，我们便开始了在走廊上的焦虑等待。

5分钟过去了。10分钟过去了。半个小时过去了。

每过1分钟就看一下时间。第一次感受到时间是这样漫长，冷酷！

在你进手术室之后的1小时53分时，广播里突然高声喊道："谢卫华的家属请到1号谈话室。"连续呼叫了三遍。

听到呼叫，我的头发都竖起来了，莫非手术有什么情况……

当谈话室的窗口被拉开，一个护士满脸笑容地问道："是谢卫华的家属吗？请在手术费用单上签字。"

原来是这样。

压在心中的一块沉重的石头终于落了地。

从手术室出来，你还处在昏迷状态。进了重症监护室，大约过了十多分钟，你睁开了眼睛，眨了眨眼，又陷入了昏迷。又过了十分钟，眼睛再次睁开，有了一些意识。我俯身轻声问你："疼吗？"你说："疼。"

疼。爸爸的心也疼，母亲的心也疼。

我又想起了许多年前的一场雨。

那天我从老家接你来济南，刚出火车站雨就下起来了。那些年，爸爸正痴迷文学，工作之外，还时常参加一些相关活动，也不断有些文朋诗友来家里串门交流。

你也渐渐喜欢上了文学写作。最初你试着写诗，顺口溜式的，不甚入门。稍后，爸爸提议你写一些熟悉的生活，熟悉的人和事，用散文的形式。

结果也真是不错，一连写了好多篇，竟然还在报刊发表了。至今记得那些文字优美的散文，如《父亲与漫画》《父亲与围棋》《父亲与书》等，感情真挚、文字优美，我对你将成为一个作家充满了信心。

可惜的是，从结婚后，尤其是生下菲菲之后，你忙碌于生计和工作，与文学就算告别了往来。

往事如烛，总在心中亮着。

我又想起了发生在我外孙女你的女儿菲菲身上足以见证晶莹童心的两件有趣的事情。菲菲4岁的时候，她骑了一辆童车，一大早就可着嗓门模仿卖报人的腔调高喊："卖报！卖报！《齐鲁晚报》！"

我当即问她："还有什么报啊？"

她又喊道："《济南时报》！《生活日报》！"

我又问她："还有什么报？"

她略微一停，答道："巧克力报！"

"巧克力报！"多精彩的想象力！这种具有透明澄莹的童心的想象力，太独特太让人惊叹了。

还有一次，是在她上幼儿园大班期间的事情，我正在家里吃饭，座机响了。我接起电话，就听到菲菲很高的声音：

"姥爷，你管不管你女儿？"

我问："怎么了？"

菲菲说："她打我！"

哦，这是要告状啊。我就问："她为什么打你啊？"

菲菲在电话里吱唔："她，她……"

我就问："是不是你做错事了？"

菲菲说："别问了，我都流眼泪了！"

我说："你流眼泪，我也看不见啊！"

菲菲说："我让眼泪顺着电话线流过去，你不就看见了吗？"

让眼泪顺着电话线流过来！

听到这话，我竟然笑出了声音。

"姥爷，你坏！"电话挂上了。

一场雨，一次疾病，一段路程，一些时光，总会让我们自觉不自觉地思索些什么，忆起些什么，遗弃或珍惜些什么。

转眼间，菲菲都读研二了，我已是古稀之人，你也到了知天命的年纪。

牢牢记着雨水和时光吧。他们恩赐给我们的温暖、快乐，冷酷抑或是艰辛，都会完美我们的品德，都会提升我们的创造能力，都会让我们倍加珍惜和热爱生命！

老爸以此与你共勉。

2018年9月22日

谢明洲（1947—　　），著有散文诗集《蓝蓝的太阳风》《更高处的雪》《空酒壶》等。在这封信中，诗人用优美的抒情笔调，以沉厚的父爱和诗性，深情回忆了女儿的欢乐和忧伤，祝福女儿要牢牢记着生命中那些温暖和快乐，抑或艰辛和冷酷的雨水和时光，永远珍惜和热爱生命。

经得住诱惑，才能笑到最后

孙玉海

盼盼，我最心爱的宝贝女儿：

今天是你12岁的生日，正是在这一天，爸爸妈妈欣慰地发现，女儿逐渐长成大姑娘了。你要知道，爸爸妈妈只有你这一个女儿。而且是直到三十四五岁，才有了你。所以爸爸给你起了个乳名，叫盼盼，是因为在没有孩子的时候，我们盼望有个孩子。有了孩子之后，盼望其健康成长，将来能有出息。天下所有的父母，几乎都怀着一个愿望：望子成龙，盼女成凤。可爸爸知道，愿望归愿望，只有那些拥有优秀的品质、远大的目标、健康的身体、优良的习惯，同时保持严格的自律、始终坚持学习和不懈努力的人，才能最终登上生命辉煌的巅峰。

古人说得好：赠人以钱，不如赠人以言。下面，爸爸就选几个要紧的方面，谈一谈自己的看法，作为送给你的生日礼物。

一是要爱惜自己的身体，珍惜和悉心维护你的健康。无论是谁，没有健康，就无法实现自己的目标和理想，更谈不上有快乐和幸福。

要想保持健康，拥有一个棒棒的身体，我觉得应做到以下几方面：一要生活规律，定时作息，早睡早起，不熬夜，不赖床。爸爸的爷爷，也就是你的老爷爷，是个历经无数苦难的老农民、老中医，他意志坚强，从不懒惰。一生中，几乎没睡过一天懒觉，无论睡得多晚，早上都按时起来，到户外劳动，吸取天地之间的阳气，有益健康。他活了90多岁。这个习惯应该养成并保持终身。二要注重科学饮食，千万不要暴饮暴食，不顾冷热地乱吃东西，或饮食不讲卫生。你的一个不好的习惯，就是从小贪吃雪糕。古人说饮食要"热勿灼唇，凉不冰齿"，意思是烫嘴唇的热食和冰牙齿的食物不要吃，否则伤身。由此爸爸给你下了一个死命令，以后不允许你再吃冷饮。你看你现在，身体一直偏瘦。这其中的原因，我想一则是你吃饭挑食，二是你喜吃冷饮。已经影响了你长身体。难道你以后甘心愿意做一个又小又瘦、病病怏怏的女孩子吗？再就是吃饭时，不要说话，最好闭口不言，专心吃饭。三是注意冷暖。你逐渐长大了，在校要注意根据天气的冷热变化，增减衣服。睡觉时自己要学会给自己盖被。老人们说：饱了不忘带干粮（因为你有饿的时候），热了不忘带衣裳（因为天有突然变冷的时候）。这都是经验之谈。四是注意安全。这最重要。上下学都要尽量和小伙伴结伴走。不要理会陌生人的搭讪。无论是在现实中，还是在微信、QQ上，不要乱加不认识人，不要随便透露自己的真实资料。

二是要养成好的学习和生活习惯，并严格自律。自律，就是要改掉不好的习惯，养成好的习惯，并且永远坚持下去；自律，就是要控制自己的欲望，分清哪些是好的欲望，哪些是不好的欲望，学会坚持或放弃。比如说：爸爸妈妈为使你好好学习，不惜花钱给你买了很好的书桌、书籍和平板电脑。可是现在呢，你并没有很好地利用它们。你的屋子里整天乱七八糟，说句不好听的，简直像个猪窝、狗窝。桌子上堆得满满的都是乱七八糟的东西，屋子里鞋子满地，袜子、衣服东一只、西一件。你没地方看书、写作业，就来抢占爸爸的书桌。这是非常不对的。古人说："一屋不扫，何以扫天下？"你说，在这样的脏乱的环境里，你读书学习，心境会很好吗？有好多大作家，每天桌面上，笔、墨、纸等东西都摆放得整整齐齐，直到去世，始终如此。爸爸希望你以后学会整理家务，做到居室整洁，诸物齐整，并坚持终身。

另外，自律，要能够控制自己的欲望。你是个大孩子了，应该知道哪些欲望是好的，哪些欲望是坏的。你自己偷偷注册了游戏，背着爸爸妈妈躲到屋子里入迷地打游戏，你应该知道这是坏的事情。否则为什么要背着爸爸妈妈呢？你明明知道它不好，却没有决心戒掉，那就是你在坏的欲望面前吃了败仗，是个软弱的人。而软弱的人，屈从于坏的欲望的人，最后都是没有出息的人。爸爸妈妈其实就是个普普通通的工薪族，没有丰厚的钱财，因为爱你，对你是全力付出的。所以，爸爸希望你不能在吃穿玩乐等方面，与那些有钱人家的孩子比。爸爸的姥爷李炳灿先生，生前是一个很受人尊敬的老教师。爸爸小时候，他多次告诫说："秀才不怕穿得破，就怕肚里没有货。"好多的孩子，过分追求这些外在虚荣的东西，不肯在读书学习方面上进，最终变得庸庸碌碌。今后，爸爸希望你再遇到自己涌起一些念头、产生一些欲望的时候，一定要好好想一想：这个欲望是好的还是坏的？如果是坏的，那就一定要坚决摒弃；如果是好的，就一定要永远坚持。比如说，你喜欢打游戏、吃冷饮、趴在床上看书等，这都是不好的，要戒掉；你喜欢下围棋、看书、画画等，这些是好的，要坚持。还有一些好的，如坚持写日记、背诵古诗文等，更要培养并坚持。暑假时，我让你每日背诵至少一首唐诗，你起初做得很好。连《长安古意》《春江花月夜》《长恨歌》《琵琶行》这样的长诗都倒背如流。爸爸真是非常高兴，为拥有这样聪慧、用功的女儿而自豪和骄傲，到处夸你！然而遗憾的是，你并没有坚持下来，让爸爸感到失望。爸爸要求你坚持写日记，你也没有坚持下来。为什么会这样呢？

其实，你只要能够控制自己的一些不好的欲望和习惯，你就会发现，凡事只要有条不紊、按部就班地坚持做，一切都会水到渠成。虽然爸爸这样对你讲了，其实爸爸做得也很不够。因此，咱们俩做一个约定：这些话咱们都努力遵守，看谁做得更好。我想你一定是个不肯服输的孩子。但是你要记着，爸爸也是个不肯服输的人。所以，咱就比一比吧！

爱你的老爸

2018年9月11日

孙玉海（1972—　），诗人、作家、青年辞赋家、新闻工作者。这是一封父亲写给自己12岁女儿的书信，作者以朴实生动的语言，从多个角度阐释自律的必要性和重要性。告诫女儿只有那些足够谨慎、勇敢、坚韧、聪慧的人，只有那些经得住诱惑，能够躲开潜在危险的人，才能笑到最后，充满励志的正能量。

女儿，爸爸永远是
你最热情的观众

曾奇峰

亲爱的小人：

之所以叫你"小人"，有两个原因。一是我第一次看见你的时候，你的确很小啊，胳膊腿细得像我的手指；二是"小人"这个词稍带贬义，就算是对你有时候调皮而我又对你没什么办法的一种"报复"吧。

首先我想对你说抱歉，因为我们没有征得你的同意，就让你来到了这个世界上。也许你觉得好笑，你都没有出生，怎么可能征求你的意见呢？但爸爸这样说是认真的，人生有很多自己做不了主的事情，出生就是最开始的那一件，死亡是最后的那一件。当然，不仅仅是你，我们周围所有的人，都是这样莫名其妙地来到这个世界上，后来又不得已才离开的。

爸爸和妈妈也是这样来到这个世界上。我们在生活了二三十年后，觉得这个世界还不错，就决定让你也来看看。所谓不错的意思，就是这个世界有很多有趣的地方，但它却并不完美，还有很多不那么好的、甚至丑恶的地方。甚至有一些人认为，人生不如意的事情占十分之八或者九，这真的是很大的比例了。当然，有更多的人认为，人生的大部分是很美好的。不论你以后怎么看待生活，爸爸都想跟你定一个"君子协定"：如果你觉得这个世界精彩又好玩，你不必谢谢我们；如果你觉得人生痛苦又无趣，你也不要责怪我们，好吗？

有一些父母觉得，自己把孩子带到了这个世界上来，而且把孩子养大，所以孩子应该感恩。现在你知道了吧，把孩子带到这个世界上来，最多是件不好不坏的事情；而养育孩子，则是父母应尽的责任和义务。法律规定，不养育孩子的父母亲，是要负法律责任，并且会遭到众人的谴责的。从这个意义上来说，

爸爸想告诉你，学习爱和被爱，是人生最重要的功课。

父母养育孩子，最低限度只是没犯法而已。我们不必对仅仅没犯法的人说，谢谢你啊。

你的出生，是我一生中最重要的事情。从此我升级为爸爸，这可是一个人一生中最大的"升迁"。八年来，你一直都在教我怎么做一个好的爸爸，你教得很好，我呢，也在不断地努力学习。你出生之前，爸爸只是做着你奶奶的儿子，无止无休地接受着奶奶的爱，而没有学会怎么给予爱。爸爸想告诉你，学习爱和被爱，是人生最重要的功课。有了你之后，爸爸才学会了怎么给予爱。

你以前是那么的弱小，而你以你的弱小衬托了我的强大。在你感到害怕搂着我的时候，在你让我为你打开矿泉水瓶盖的时候，从你无比欣赏和崇拜的眼神里，我感受到了自己的价值和能力，我觉得这是这个世界上最真诚的信任和赞美呢！爸爸从你那里得到的荣誉和鼓舞，远远地超过了从其他方面得到的。

爸爸是别人的心理医生，而你却是爸爸的心理医生。在爸爸的内心变得不那么宁静的时候，你纯真灿烂的笑容可以很快让我从心灵的泥潭中走出来，变得跟你一样轻松和快乐。看心理医生是需要花钱的哦，所以我还欠你一大笔治疗费啊，呵呵。

你的出生，还延伸了我的生物学存在，使记忆了我的信息的基因可以在这个星球上持续地存在下去。人来到这个世界上，迟早都会离去的，但因为你，爸爸即使离开了，却还有一些东西留着，这会让爸爸觉得很安心、很自豪呢！

你还让我学会了爱自己，不以自己的牺牲来换取对你的控制的权利。有些不那么会做父母的人，把自己弄得惨兮兮的，他们会对孩子说，为了你，我舍不得吃、舍不得穿、拼命地工作，等等。他们这样做，实际上是想操控孩子，使孩子丧失维护自己权利的伦理立场和道德勇气，对父母哪怕是无理的要求，都无条件地服从。我从来不认为父母都是对的，父母都是从孩子慢慢变成的，既然孩子可能犯错误，变成了父母后同样也会犯错误，怎么可能一变成父母就不会犯错误了呢？而且，没有人天生就是好父母，任何人都必须向自己的孩子学习，才能慢慢地变成好父母的。所以孩子应该是父母的老师啊！

我永远都不会跟你谈孝顺爸爸妈妈的事。因为我觉得，如果在你小时候我们对你很好的话，我们老了你自然会对我们好的；我不想把这样自然而然的事情，变成伦理道德的压力施加给你。就像我会自然而然享受美食，而不必总是给自己强调不吃饭就会死去一样。自然的力量是很强大的，把孩子对父母的自然的爱，硬性规定成一个道德准则，是大家犯的一个最为愚蠢的错误。我甚至不会对你说将来要对你的公公婆婆好，因为我知道，一个心中有自然而然的爱的情感的人，也会自然而然地爱她的爱人的亲人。这样的爱，可以给你幸福，也可以使跟你有关的人幸福。

你一定要问，这个世界上为什么有那么多对父母不孝的人呢？爸爸告诉你，孩子的不孝，是继发性的、反应性的。简单地说，一个孩子如果在小时候没有得到父母高品质的爱，那他或者她也就没有爱的能力，所以就对父母也没有爱了。孩子出生时几乎就是一张白纸，爱和恨的能力，都是后来学会的，而学习的主要对象，就是父母。

抚养你的确是一件很辛苦的事情，你的一切都会成为我们担忧的焦点：成长、健康、饮食、安全、交友、学习、游戏，还有以后的专业、工作、择偶、婚姻和生育。从你的祖父辈那里我们知道，这可是一个没有尽头的艰辛旅途呢。但你不必内疚，我想说的是，你带给我们的快乐、带给我们的活着的意义，远远超过了我们付出的辛苦。

人生美好的地方之一是你经常需要做出选择，而且你事先并不知道，你的选择是不是最好的。这样的有点"冒险"的感觉，会极大地增加活着的乐趣。亲爱的小人，作为爸爸，我会极大限度地让你享受选择的快乐。现在你已经八岁，只要在起码的、必须强制执行的规范内（比如法律和基本礼貌），你愿意的事情，我都只提建议、提供选择的可能性，最后都让你自己做出决定。而且我坚信，你会做出对你最有利的决定。在你十八岁以后，我建议的话都会更少说了。当然，如果你主动征求我的意见，那你要我说多少，我就说多少。人生在世，如果重大事情都是别人——哪怕是父母——说了算的，那活着还有什么乐趣？的确，每个人的选择都有错的可能，但是，自己的错误选择，不管怎样都比别人代替自己做出的正确选择要好。就像下棋一样，你旁边站着一个世界冠军，他不断地指挥你下棋，他的指挥绝大多数都比你高明，但是，你如果都听了他的，那你不过是他的傀儡罢了，你下棋还有什么意思？所以别理他，听自己的，是输是赢已经变得不重要，重要的是——这是我自己在下棋！

选择之后，就要承担选择的后果了。如果选择正确，就能享受成功的快乐，但另一种可能是要承受失败的痛苦和压力。其实人生如果只有成功和喜悦，那也会很无趣的。人生的真正快乐，多半来自于一些具有较大反差的情感体验，任何单一的情感体验，都会使人生这场筵席变得低廉和乏味。如果你的选择错了、失败了，爸爸永远都在那个可以让你休息和疗伤的地方等着你，你愿意休养多久就多久。爸爸决不会在你遭受挫折后的任何时候趁火打劫说：当初你要是听爸爸的，就不会有今天这样的状况了。爸爸既然已经准备好分享你的成功和幸福，也就同时做好了分担你的失败和悲伤的打算。好朋友都会这样做的，何况我是爸爸呢？

人生最大的选择，也就两个：事业和婚姻。其他的选择，都是围绕着这两个核心展开的。亲爱的小人，到了你选择专业方向的时候，你已经都成年了。爸爸会基于对你本人和对各个专业的了解，对你提出建议，最后让你选择自己最喜欢的。一个人一辈子最幸福的事情，莫过于做一件自己爱做的事情，并且还可以通过这件事养活自己和获得荣誉了。我可不愿意你错过这样的幸福而代替你做出决定。爸爸现在就是因为从事着自己喜欢的职业而幸福着，因为爸爸现在的职业，就是爸爸自己完全根据自己的喜好选择的。告诉你啊，这个职业虽然很辛苦，但爸爸一直都很高兴地工作着呢。

婚姻是个人生活方面最重要的事情。到你谈婚论嫁的时候，已经比决定专业方向的时候更晚了，你也更加成熟了，所以爸爸应该更少说话了。跟专业选择相比，你的婚姻更加应该由你自己决定。从人生的大背景来说，爱情和婚姻，是人投注情感最多的地方，所以也是最有趣的地方。如果这件事都是被人幕后指挥决定的，那人生还有什么有趣的事情啊？很多人的父母，代替孩子决定婚嫁对象，实际上是剥夺了孩子人生的快乐。这样的父母很自私呢：相当于让自己享受了两辈子的选择的快乐，而让自己的孩子一辈子也没活过。一个人活着的价值，就在于自己可以做出选择啊。

在你人生的所有重大选择上，爸爸都是最热情的观众。爸爸要再次谢谢你，在爸爸的下半生，你会演出如此吸引我注意力的戏剧给我看，这会使我远离孤独和无聊，而且在我的今生今世就已经延伸了我的生命。所以爸爸觉得，养儿养女，不是为了防老，而是为了观看自己的一部分，活得比自己更丰富、更精彩。

曾奇峰，武汉中德心理医院创始人、首任院长，中国心理卫生协会精神分析学组副组长，全国独家心理咨询杂志《心理辅导》专栏作家，代表作有《幻想即现实》等。这封写给女儿的信，表达了一名心理学专家对父女关系的特殊性思考。父亲既感恩于女儿带给自己的快乐和活着的意义，又热情鼓励女儿自主选择自己的事业和婚姻，庄严承诺"在你人生的所有重大选择上，爸爸都是最热情的观众"。敞开了一份不同寻常的父爱情怀。

致女儿信

左传海

暄暄：

现在是2017年11月15日的晚上，我正在给你写这封信。2017年10月28日，是你18岁的生日，也是你离家进京求学的日子。18天，整整18天，我知道你度日如年，我也度日如年。

那天中午，我听到了你妈妈电话中你压抑的哭声，妈妈说你是在洗手间里给她打这个电话的。但不一会儿你又发来了信息，说："这条路是我自己选择的，我不会回头，也不会后悔！既然选择了，我就一定要走到底！"读信息的那一刻，我流泪了，却又笑了。因为你让我懂得了：小别离虽有苦痛，但却让我们彼此都有了心灵的成长。孩子，感谢你！

暄暄，我深知：十几岁的一个女孩子，从未独自离开过父母身边，要去面对偌大的京城浩瀚的人海，的确是太过势单力薄了。于是，难免惶恐压抑，难免孤独无助！何况这惶恐孤独还有更深层的原因，那就是对自己理想的小舟能否顺利驶抵彼岸的担忧与焦虑。

暄暄，你应该知道，成长的路上，追梦的途中，孤独是我们每个人的标配。既然不能回避推卸，那就让我们品味这孤独中蕴含的一种别样之美吧！感谢孤独！学会经历孤独、品味孤独、感谢孤独吧，我的女儿！"林中有条路分岔，而我选择了较少人走的那一条，于是一切差异便由此而生。"这该是美国人弗罗斯特的诗吧。你选择美术，决定要走一条真正的艺术道路，将来定会多与孤独为伴，善待孤独，仔细品味孤独并在孤独中奋力前行吧，孤独会让你取得别人所未有的收获！

暄暄，接下来我还是想和你谈谈目前你学习状态的问题，不管你愿意不愿意。说实话，你目前的状态，也让我多少有一些惊讶和伤心。高三是人生的一次较大的冲刺，是值得全力以赴去应对的，而事实上我和你妈也确实在各方面做足了准备，但完全没想到，恰恰是在最重要的环节，在冲刺者你的身上出了点儿小状况！关键时刻，应该咬牙刻苦迎头赶上的时候，你却茫然动摇甚至退缩。当头一瓢冷水，难免不会浇你妈妈凉遍全身，其实为此黯然的何止她呀，还有我。但愿我们女儿此时的状态只是出于一时，但愿这种状态只是跳跃前的助跑后退和黎明前的黑暗。我祈祷！

不去尝试，怎么能知道自己不行呢？连脚也不抬一下，怎么知道自己跳不过去呢？还记得我以前对你说过的那句话吗？狭路相逢勇者胜。想一想，你真的做到了吗？差距和不足，让我们警醒，让我们快速追赶和弥补，而绝不应成为灭自己志气、逃避退缩的借口。换一个角度看，找到了差距和不足，也就找到了努力的方向。关键时刻就应该逼自己一下，潜力是激发出来的。应该赶快行动起来了，消沉绝不是此时该呈现的状态。有时多问自己几次：我尽全力了吗？没尽全力，怎知自己不行呢？

暄暄，我亲爱的女儿，有些路早早晚晚会一个人走，正如现在你正经历的孤独、伤感以及困惑。我们也总不能回避，既然不能回避，就要正视。让它们来吧，让它们来吧，撞来的大浪，转瞬便会化为柔和的清流！莫让痛苦与忧郁成为迷雾，淹没我们的初衷。要相信明日的太阳和清风，会荡涤一切霾暗！

暄暄，一人在外，须处处时时留心，行时随众莫放单，尤其晚上与正午。安全健康为第一重视之事，乃实现理想之坚实基础，必切切关注。

永远爱你的老爸

2017年11月15日

左传海（1969—　　），中学语文教师。这封书信写于女儿十八岁生日之际，无论是针对时值高三的女儿时有倦怠和慵懒的精神状态提出的批评与劝诫，还是期盼女儿在关键时刻要自我加压以激发最大潜力的鼓励与鞭策，行文落笔都灌注着深切的父爱和浓郁的诗性。

给上大学女儿的一封信

张丽军

慧心：

你好！

祝贺你考上较为理想的大学。长期以来，爸爸想给你写一封信，把平时没得及说的，或者是没机会说清晰完整的话，说给你听。你是爸爸妈妈的宝贝，是给我们带来幸运的宝贝。记得你出生前，我在莒县老家工作，家里养的君子兰花，在那个夏天开了并蒂双花之后，就在并蒂处又开出了一朵小花，让我们欣喜不已。不久，你就出生了，爸爸也接到了硕士研究生的录取通知书。更重要的是，你给爸爸和妈妈带来了一个新的世界、新的快乐。

慧心，你正如你的名字一样，闪现着这智慧光芒、美与善良，这是我们本心里的东西。很多时候，爸爸以成年人的身份教育你，想指导你。但我却发现，事实上，是孩子，是你在教育着爸爸。记得在东北师大幼儿园时，一天我在接你回宿舍的路上，你问："爸爸，什么是创意啊？"我说："创意啊，就是要有创造性。"孩子你说："爸爸，创意，就是跟别人不一样。"我一下子惊呆了，孩子一句话就说明了，而且是这么通俗易懂。

还有一件事，给我很深的印象，你在山师附小上一年级的时候，在放学回家的路上，我们交流。我说，看到你们班里一些孩子跟老师很亲密，围着老师叽叽喳喳的，你要跟老师好一些。你问我："爸爸，怎么跟老师好啊？"我说："这个，我也不大会。可以向老师问好啊，为老师的新衣服点赞啊，等等。"你说："爸爸，那些不是，把老师布置的作业做好，才是对老师好。"是啊，爸爸是多么俗不可耐，而孩子一下子就触及了最重要、最本质的东西。孩子，是父母的老师。

爸爸与你一起成长，思考世界和人生。

慧心，你是爱学习的好孩子。爸爸读研的时候，假期回家，记得你坐在小板凳上，拿着圆珠笔，在小本子上画圈圈符号，一页一页地画，一画就是一个小时。从那时，我就看准，孩子你是坐得住、有毅力的孩子。从小学起，你就形成了一个很好的习惯，就是回家先做作业，之后再玩。直到现在，在学习问题上，我和你妈妈都很省心。初中时，你妈妈还和你一起做数学题，推理演算，我则在一旁无能为力。上高中时，和很多家长一样，为你担忧，但我又自信，你一定会调整好，找到方法、路径。

记得高一下学期时，文理分科，你选择了文科，文科出身的我们也希望你读文科。你在一次回家的路上，跟我说了一个成绩很优秀的师哥选择了文科，而不是因为成绩不好而选择文科。你说要为文科生寻找尊严，是为兴趣和爱好而选择文科。我听了特别高兴。是啊，人要有尊严地活着。我跟你交流过龙应台写给儿子安德烈的信，不是一定要你考试成绩多么优秀，而是希望你能掌握专业技能，能有选择自己喜欢的工作的权利，而不是为生存而被选择。

今天你上大学了，我依然为你担忧。毕竟大学与

人总是需要一个快速成长期，生命的夏天，就是一个高温、多雨的酷暑期，玉米、小麦等植物才会抽穗、拔节，快速地生长，生命的季节错过了，就不会重来。

中学学习截然不同。中学有老师和爸妈督促，而大学学习是自主性学习。更重要的是，大学学习不仅仅是知识的学习，更是对自我兴趣、爱好与专业的寻找。要找到自己喜欢的兴趣、专业，明确自己的人生志向和路径，是多么的重要，又是多么的艰难。爸爸在初中时，明确自己要去读大学、研究生；硕士毕业时刻，突然找到了做学者的安身立命之感，以涓涓溪流汇入澎湃不息的民族文化长河的生命与价值皈依感。所以，我在你读大学前的假期里，看你依然没有珍惜时间立志学习时，有时特别难过。这么好的青春时光，就这样溜走，我感觉特别可惜，乃至有时为你还没能确立一种志向、一种自觉而黯然神伤。妈妈在美国访学，假期我和你去，就是要开辽阔你的视野，知道世界很大很大，有很多美好的东西需要我们去探寻。但有时又转念一想，人终须自己明白，自己去领悟，有很多核心东西、步骤是省略不了的，也是代替不了的。孩子，你的大学生活毕竟刚刚开始，有很多时间和机会供你探索、成长。但毕竟，人总是需要一个快速成长期，就像我跟你说过的，生命的夏天，就是一个高温、多雨的酷暑期，玉米、小麦等植物才会抽穗、拔节，快速地生长，生命的季节错过了，就不会重来一遍了。

这正是中国古人所言的，一寸光阴一寸金，寸金难买寸光阴的"寸寸之金"的含义。

除了学习之外，我还想跟你说，慧心，我一直鼓励你多交一些朋友，那是我们一生的"财富"，可以享受友情的滋养。当然，我也发现另一个问题，就是你做事需要别人陪伴的问题。而有一些时候，我们必定是孤独的。越是优秀的人，越要承受孤独的寂寞与痛感。但是，孩子，要记住，无论何时何地，爸爸、妈妈、妹妹，都是你最亲的亲人，是你最可依赖的、永不放弃的亲人。

事实上，我还有很多很多话和想法，想跟你沟通交流。不知你是否已经烦了？总之，在大学里，第一是安全，一定注意安全，保护好自己；第二是健康与运动，重视早餐，每天多运动，这两天看你走一两万步，很好；第三就是发奋学习，激发潜能，寻找专业兴趣，确立志向。这次就说这么多吧。

爸爸

2018 年 9 月 22 日星期六深夜

张丽军（1972—　），山东师范大学文学院副院长、教授，博士生导师；山东省第四批齐鲁文化英才，山东省首批、第二批签约文艺评论家。代表作有《"样板戏"在乡土中国的接受美学研究》《"当下现实主义"的文学研究》等理论专著。此信写于女儿上大学之后，通过深情回忆女儿的生命成长过程中的点滴难忘的事情，讲述了父女间的生命情感互动，表达了对女儿开启新的大学人生航程的一些建议、思考与指导。字里行间闪耀着一位大学教授的智性风采。

李开复写给女儿的信

李开复

亲爱的女儿：

当我们开车驶出哥伦比亚大学的时候，我想写一封信给你，告诉你盘旋在我脑中的想法。

首先，我想告诉你我们为你感到特别骄傲。进入哥伦比亚大学证明你是一个全面发展的优秀学生，你的学业、艺术和社交技能最近都有卓越的表现，无论是你高中微积分第一名，时尚的设计，绘制的球鞋，还是在"模拟联合国"的演说，你毫无疑问已经是一个多才多艺的女孩。你的父母为你感到骄傲，你也应该像我们一样为自己感到自豪。

我会永远记得第一次将你抱在臂弯的那一刻，一种新鲜激动的感觉瞬间触动了我的心，那是一种永远让我陶醉的感觉，就是那种将我们的一生都联结在一起的"父女情结"。我也常常想起我唱着催眠曲轻摇你入睡，当我把你放下的时候，常常觉得既解脱又惋惜，一方面我想，她终于睡着了！另一方面，我又多么希望自己可以多抱你一会儿。我还记得带你到运动场，看着你玩得那么开心，你是那样可爱，所有人都非常爱你。

你不但长得可爱，而且是个特别乖巧的孩子。你从不吵闹、为人着想，既听话又有礼貌。当你三岁我们建房子的时候，每个周末十多个小时你都静静地跟着我们去运建筑材料，三餐在车上吃着汉堡，唱着儿歌，唱累了就睡觉，一点都不娇气不抱怨。你去上周日的中文学习班时，尽管一点也不觉得有趣，却依然很努力。我们做父母的能有像你这样的女儿真的感到非常幸运。

你也是个很好的姐姐。虽然你们姐妹以前也会打架，但是长大后，你们真的成为了好朋友。妹妹很爱你，很喜欢逗你笑，她把你当成她的榜样看待。我们开车离开哥大后，她非常想你，我知道你也很想她。世界上最宝贵的就是家人。和父母一样，妹妹就是你最可以信任的人。随着年龄的增长，你们姐妹之间的情谊不变，你们互相照应，彼此关心，这就是我最希望见到的事情了。在你的大学四年，有空时你一定要常常跟妹妹视频聊聊天，写写电子邮件。

大学将是你人生最重要的时光，在大学里你会发现学习的真谛。你以前经常会问到"这个课程有什么用"，这是个好问题，但是我希望你理解："教育的真谛就是当你忘记一切所学到的东西之后所剩下的东西。"我的意思是，最重要的不是你学到的具体的知识，而是你学习新事物和解决新问题的能力。这才是大学学习的真正意义——这将是你从被动学习转向自主学习的阶段，之后你会变成一个很好的自学者。所以，即便你所学的不是生活里所急需的，也要认真看待大学里的每一门功课，就算学习的技能你会忘记，学习的能力是你将受用终身的。

不要被教条所束缚，任何问题都没有一个唯一的简单的答案。还记得当我帮助你高中的辩论课程时，我总是让你站在你不认可的那一方来辩论吗？我这么做的理由就是希望你能够理解：看待一个问题不应该非黑即白，而是有很多方法和角度。当你意识到这点的时候，你就会成为一个很好的解决问题者。这就是"批判的思维"——你的一生都会需要的最重要的思考方式，这也意味着你还需要包容和支持不同于你的其他观点。我永远记得我去找我的博士导师提出了一个新论题，他告诉我："我不同意你，但我支持你。"多年后，我认识到这不仅仅是包容，而是一种批判式思考，更是令人折服的领导风格，现在这也变成了我的一部分。我希望这也能成为你的一部分。

在大学里你要追随自己的激情和兴趣，选你感兴趣的课程，不要困扰于别人怎么说或怎么想。史蒂夫·乔布斯曾经说过，在大学里你的热情会创造出很多点，在你随后的生命中你会把这些点串联起来。在他著名的斯坦福毕业典礼演讲中，他举了一个很好的例子：他在大学里修了看似毫无用处的书法，而十年后，这成了苹果Macintosh里漂亮字库的基础，而因为Macintosh有这么好的字库，才带来了桌面出版和今天的办公软件（例如微软Office）。他对书法的探索就是一个点，而苹果Macintosh把多个点联结成了一条线。所以不要太担心将来你要做什么样的工作，也不要太急功近利。假如你喜欢日语或韩语，就去学吧，尽管你的爸爸曾说过那没什么用；尽兴地选择你的点吧，要有信念有一天机缘来临时，你会找到自己的人生使命，画出一条美丽的曲线。

在功课上要尽力，但不要给自己太多压力。你妈妈和我在成绩上对你没什么要求，只要你能顺利毕业并在这四年里学到了些东西，我们就会很高兴了。即便你毕业时没有获得优异的成绩，你的哥伦比亚学位也将带你走得很远，所以别给自己压力。在你高中生活的最后几个月，因为压力比较小，大学申请也结束了，你过得很开心，但是在最近的几个星期，你好像开始紧张起来。（你注意到你紧张时会咬指甲吗？）千万别担心，最重要的是你在学习，你需要的唯一衡量标准是你的努力程度。成绩只不过是虚荣的人用以吹嘘和慵懒的人所恐惧的无聊数字而已，而你既不虚荣也不慵懒。

最重要的是在大学里你要交一些朋友，快乐生活。大学的朋友往往是生命中最好的朋友，因为在大学里你和朋友能够近距离交往。另外，在一块儿成长，一起独立，很自然地你们就会紧紧地系在一起，成为密友。你应该挑选一些真诚诚恳的朋友，跟他们亲近，别在乎他们的爱好、成绩、外表甚至性格。你在高中的最后两年已经交到了一些真正的朋友，所以尽可以相信自己的直觉，再交一些新朋友吧。你是一个真诚的人，任何人都会喜欢跟你做朋友的，所以要自信、外向、主动一点，如果你喜欢某人，就告诉她，就算她拒绝了，你也没有损失什么。以最大的善意去对人，不要有成见，要宽容。人无完人，只要他们很真诚，就信任他们，对他们友善。他们将给你相同的回报，这是我成功的秘密——我以诚待人，信任他人（除非他们做了失信于我的事）。有人告诉这样有时我会被占便宜，他们是对的，但是我可以告诉你：以诚待人让我得到的远远超过我失去的。在我做管理的18年里，我学到一件很重要的事——要想得到他人的信任和尊重，只有先去信任和尊重他人。无论是管理、工作、交友，这点都值得你参考。

要和你高中时代的朋友保持联系，但是不要用他们来取代大学的友谊，也不要把全部的时间都花在老朋友身上，因为那样你就会失去交新朋友的机会了。

你还要早点开始规划你的暑假——你想做什么？你想待在哪儿？你想学点什么？你在大学里学习是否会让你有新的打算？我觉得你学习艺术设计的计划很

不错，你应该想好你该去哪儿学习相应的课程。我们当然希望你回到北京，但是最终的决定是你的。

不管是暑假计划，功课规划，抑或是选专业，管理时间，你都应该负责你的人生。过去不管是申请学校、设计课外活动或者选择最初的课程，我都从旁帮助了你不少。以后，我仍然会一直站你身旁，但是现在是你自己掌舵的时候了。我常常记起我生命中那些令人振奋的时刻——在幼儿园决定跳级，决定转到计算机科学专业，决定离开学术界选择Apple，决定回中国，决定选择Google，乃至最近选择创办我的新公司。有能力进行选择意味着你会过上自己想要的生活。生命太短暂了，你不能过别人想要你过的生活。掌控自己的生命是很棒的感觉，试试吧，你会爱上它的！

我告诉你妈妈我在写这封信，问她有什么想对你说的，她想了想，说"让她好好照顾自己"，很简单却饱含着真切的关心——这一向是你深爱的妈妈的特点。这短短的一句话，是她想提醒你很多事情，比如要记得自己按时吃药，好好睡觉，保持健康的饮食，适量运动，不舒服的时候要去看医生等。中国有句古语，说"身体发肤，受之父母，不敢毁伤，孝之始也"。这句话的意思用比较新的方法诠释就是说：父母最爱的就是你，所以照顾好自己就是孝顺最好的方法。当你成为母亲的那天，你就会理解这些。在那天之前，听妈妈的，你一定要好好照顾自己。

大学是你自由时间最多的四年。

大学是你第一次学会独立的四年。

大学是可塑性最强的四年。

大学是犯错代价最低的四年。

所以，珍惜你的大学时光吧，好好利用你的空闲时间，成为掌握自己命运的独立思考者，发展自己的多元化才能，大胆地去尝试，通过不断的成功和挑战来学习和成长，成为融汇中西的人才。

当我在2005年面对人生最大的挑战时，你给了我大大的拥抱，还跟我说了一句法语"bonne chance"。这句话代表"祝你勇敢，祝你好运！"现在，我也想跟你说同样的话，bonne chance，我的天使和公主，希望哥伦比亚成为你一生中最快乐的四年，希望你成为你梦想成为的人！

爱你的，爸爸（和妈妈）

李开复，出版《做最好的自己》《与未来同行》等作品。这封信紧扣如何度过四年大学生活的主题，指导女儿如何处理学习、交友、合理安排假期、与妹妹和高中同学保持联系等各种问题，鼓励女儿发展自己的多元化才能，成为融汇中西的人才。

初 雪

张晓风

诗诗，我的孩子：

如果五月的花香有其源自，如果十二月的星光有其出发的处所，我知道，你便是从那里来的。

这些日子以来，痛苦和欢欣都如此尖锐，我惊奇在它们之间区别竟是这样的少。每当我为你受苦的时候，总觉得那十字架是那样轻省，于是我忽然了解了我对你的爱情，你是早春，把芬芳秘密地带给了园。

在全人类里，我有权利成为第一个爱你的人。他们必须看见你，了解你，认识你而后决定爱你，但我不需要。你的笑貌在我的梦里翱翔，具体而又真实。我爱你没有什么可夸耀的，事实上没有人能忍得住对孩子的爱情。

你来的时候，我开始成为一个爱思想的人，我从来没有这样深思过生命的意义，这样敬重过生命的价值，我第一次被生命的神圣和庄严感动了。

因着你，我爱了全人类，甚至那些金黄色的雏鸡，甚至那些走起路来摇摆不定的小狗，它们全都让我爱得心疼。

我无可避免地想到战争，想到人类最不可抵御的一种悲剧。我们这一代人像菌类植物一般，生活在战争的阴影里，我们的童年便在拥塞的火车上和颠簸的海船里度过。而你，我能给你怎样的一个时代？我们既不能回到诗一般的十九世纪，也不能隐向神话般的阿尔卑斯山。

孩子，每思及此，我就对你抱歉，人类的愚蠢和卑劣把自己陷在悲惨的命运里。而今，在这充满核子恐怖的地球上，我们有什么给新生的婴儿？不是金锁片，不是香槟酒，而是每人平均相当一百万吨TNT的核子威力。孩子，当你用完全信任的眼光看这个世界

在全人类里，我有权利成为第一个爱你的人。他们必须看见你，了解你，认识你而后决定爱你，但我不需要。

的时候，你是否看得见那些残忍的武器正悬在你小小的摇篮上？以及你父母亲的大床上？

我生你于这样一个世界，我也许是错了。天知道我们为你安排了一段怎样的旅程。

但是，孩子，我们仍然要你来，我们愿意你和我们一起学习爱人类，并且和人类一起受苦。不久，你将学会为这一切的悲剧而流泪——而我们的世代多么需要这样的泪水和祈祷。

诗诗，我的孩子，有了你我开始变得坚韧而勇敢。我竟然可以面对着冰冷的死亡而无惧于它的毒钩，我正视着生产的苦难而仍觉傲然。为你，孩子，我会去胜过它们。我从没有像现在这样热爱过生命，你教会我这样多成熟的思想和高贵的情操，我为你而献上感谢。

前些日子，我忽然想起《新约》上的那句话："你们虽然没有见过他，却是爱他。"我立刻明白爱是一种怎样独立的感情。当油加利的梢头掠过更多的北风，当高山的峰巅开始落下第一片初雪的莹白，你便会来到。而在你珊瑚色的四肢还没有开始在这个世界挥舞以前，在你黑玉的瞳仁还没有照耀这个城市之先，你已拥有我们完整的爱情，我们会教导你在孩提以前先了解被爱。诗诗，我们答应你要给你一个快乐的童年。

写到这里，我又模糊地忆起江南那些那么好的春天，而我们总是伏在火车的小窗上，火车绕着山和水而行，日子似乎就那样延续着，我仍记得那满山满谷的野杜鹃！满山满谷又凄凉又美丽的忧愁！

我们是太早懂得忧愁的一代。

而诗诗，你的时代未必就没有忧愁，但我们总会给你一个丰富的童年，在你所居住的屋顶下没有属于这个世界的财富，但有许多的爱，许多的书，许多的理想和梦幻。我们会为你砌一座故事里的玫瑰花床，你便在那柔软的花瓣上游戏和休息。

当你渐渐认识你的父亲，诗诗，你会惊奇于自己的幸运。他诚实而高贵，他亲切而善良。慢慢地你也会发现你的父母相爱得有多么深。经过这样多年，他们的爱仍然像林间的松风，清馨而又新鲜。

诗诗，我的孩子，不要以为这是必然的，这样的幸运不是每一个孩子都有的。这个世界不是每一对父母都相爱的。曾有多少个孩子在黑夜里独泣，在他们还没有正式投入人生的时候，生命的意义便已经否定了。诗诗，诗诗，你不会了解那种幻灭的痛苦，在所有的悲剧之前，那是第一出悲剧。而事实上，整个人类都在相残着，历史并没有教会人类相爱。诗诗，你去教他们相爱吧，像那位诗哲所说的："他们残暴地贪婪着，嫉妒着，他们的言辞有如隐藏的刀锋正渴于饮血。"

去，我的孩子，去站在他们不欢之心的中间，让你温和的眼睛落在他们身上，有如黄昏的柔霭淹没那日间的争扰。

让他们看你的脸，我的孩子，因而知道一切事物的意义，让他们爱你，因而彼此相爱。

诗诗，有一天你会明白，上苍不会容许你吝守着你所继承的爱。诗诗，爱是蕾，它必须绽放，它必须在疼痛的破坼中献出芳香。

诗诗，也教导我们学习更多更高的爱。记得前几天，一则药商的广告使我惊骇不已。那广告是这样说的："孩子，不该比别人的衰弱，下一代的健康关系着我们的面子。要是孩子长得比别人的健康、美丽、快乐，该多好多荣耀啊。"诗诗，人性的卑劣使我不禁齿冷。诗诗，我爱你，我答应你，永不在我对你的爱里掺入不纯洁的成分，你就是你，你永不会被我们拿来和别人比较，你不需要为满足父母的虚荣心而痛苦。你在我们眼中永远杰出，你可以贫穷、可以失败，甚至可以潦倒。诗诗，如果我们骄傲，是为你本身而骄傲，不是为你的健康美丽或者聪明。你是人，不是我们培养的灌木，我们决不会把你修剪成某种形态来使别人称赞我们的园艺天才。你可以照你的倾向生长，你选择什么样式，我们都会喜欢——或者学习着去喜欢。

我们会竭力地去了解你，我们会慎重地俯下身去听你述说一个孩童的秘密愿望，我们会带着同情与谅解帮助你度过忧闷的少年时期。而当你成年，诗诗，我们仍愿分担你的哀伤，人生总有那么些悲怆和无奈的事，诗诗，如果在未来的日子里你感觉孤单，请记住你的母亲，我们的生命曾一度相系，我会努力使这种系联持续到永恒。我再说，诗诗，我们会试着了解你，以及属于你的时代。我们会信任你——上帝从未赐下坏的婴孩。

我们会为你祈祷，孩子，我们不知道那些古老而太平的岁月会在什么时候重现？那种好日子终我们一生也许都看不见了。

如果这种承平永远不会再重现，那么，诗诗，那也是无可抗拒无可挽回的事。我只有祝福你的心灵，能在苦难的岁月里有内在的宁静。

常常记得，诗诗，你不单是我们的孩子，你也属于山，属于海，属于五月里无云的天空——而这一切，将永远是人类欢乐的主题。

你即将前来，孩子，每一次当你轻轻地颤动，爱情便在我的心里急速涨潮，你是小芽，蕴藏在我最深的深心里，如同音乐蕴藏在长长的箫笛中。

前些日子，有人告诉我一则美丽的日本故事。说到每年冬天，当初雪落下的那一天，人们便坐在庭院里，穆然无言地凝望那一片片轻柔的白色。

那是一种怎样虔敬动人的景象！那时候，我就想到你，诗诗，你就是我们生命中的初雪，纯洁而高贵，深深地撼动着我。那些对生命的惊服和热爱，常使我在静穆中有哭泣的冲动。

诗诗，给我们的大地一些美丽的白色。诗诗，我们的初雪。

张晓风（1941— ），台湾著名散文家，江苏铜山人。毕业于台湾东吴大学，现任台湾阳明医学院教授。在这封写给爱女诗诗的信中，作家以自然蓬勃的诗性语言，诠释着爱的要义：爱是蕾，它必须绽放。它必须在疼痛的破圻中献出芳香。并鼓励女儿要以宽容和悲悯的大爱，面对世间一切，爱一切值得去爱、去珍惜的人和事。

给第一次远行的女儿

唐池子

亲爱的乐宝贝：

　　这封信我提笔写了几行字，突然想到你可能皱着眉头猜测妈咪的狂草，我决定还是用电脑给你写，这样你就可以睁大你的眼睛看个痛快了。

　　还记得妈咪在鲁迅文学院上学的那个10月份吗？鲁院的经历给妈咪留下了深深的记忆，但是印象最深刻的那件事却与你有关。

　　猜到了吗？那就是那个10月，你独自一人搭飞机从上海飞到北京，当我在首都机场迎候你的时候，我看见空姐牵着你的手从出口走出来，你背着包，满脸都是自信、快乐的笑容，和空姐告别的时候，空姐被你的快乐自信感染，流露出对你的欣赏和疼爱，与你依依惜别。而你见到我的第一句话是："妈咪，我下次还想体验一个人坐飞机，太有趣了！"你和我分享了你在飞机上的感受，你没有浪费独自观察世界的每一分钟，你用你那颗快乐的心给周围的人带来快乐，你同时也获得了别人深深的喜爱和关切。当时妈妈代表上海作家入选鲁院学习，你为妈妈自豪；而这一刻，妈妈更为女儿你深深自豪，当你独步世界的时候，你懂得保护自己，也懂得与世界分享你的快乐，你如此勇敢、乐观、无惧，所以，这个世界永远愿为你打开一扇门，没有丝毫犹疑。那些帮助过你的人愿意帮助你，是因为你把信任交给了他们，在帮助过后他们愿意再次帮助你，是因为你表达了你的感恩，也因为你愿意把这份善心接力，将来你可以帮助到更多的人。

而现在，你又独自到达了中国大学的最高学府——几乎中国所有学子梦寐以求的地方（这也是我过去包括现在仍然梦寐以求的地方，还记得妈咪给你

遇见困难的时候，如果实在难过很想哭，那就痛快地哭一次，然后狠狠擦干眼泪，用被泪水冲洗过的眼睛重新打量你要面临的难题。

看的那个感人至深的北大梦想短片吗？北大，就是梦想的代名词）。离开妈咪的这6天，在北大与小朋友一起学习感悟的这6天，在你的人生旅程中只是一个很短的瞬间，但是它的意义肯定一点也不短。你甚至会觉得这6天意义非凡。因为这一次不是妈咪带你去的，是你自己寄出你的向往，然后勇敢地跨出第一步，来到了这个辉煌的殿堂。这也是你梦想启航的日子！你和你的好朋友一起，将结识更多的好朋友，将从北大优秀的学哥学姐身上学到智慧的学习方法、卓越的学习精神（他们每个人身后可能都有一个精彩的故事，你会去读吗？）；你将在你的团队中获得更多（你的队友们每个人身上至少有一种值得你学习的好习惯，你会去学习吗？），关于合作、互助、分享、包容……

　　说心里话，妈咪好羡慕你，因为你10岁的时候就有这样的机会考验自己、提升自己，而妈咪等到上高中（16岁）才体会到独立的滋味（即便到了高中，北大对我们还是一个遥远得无法想象的梦）；可以肯定，你会在这6天遇到不少困难，可是妈咪绝对相信你能接受挑战，你会用你自信快乐的微笑迎接一切，因为你那颗勇敢、充满趣味的心总是随时准备拥抱这个新世界。

妈咪还想告诉你，遇见困难的时候，如果实在难过很想哭，那就痛快地哭一次，然后狠狠擦干眼泪，用被泪水冲洗过的眼睛重新打量你要面临的难题。悄悄告诉你，泪水也是能量哦，偶尔我也用这个方法战胜困难！记住，尽量不在很多人面前发脾气，如果很生气，深吸三口气，然后再说话，控制住你的怒火就是战胜了顽固的敌人。在人群中别太较真，别太在乎别人的眼光和评价，要知道，没有人比你自己更了解你。所以，当你了解了自己，又何必在乎别人的说法呢！当别人表扬你，也不必太高兴；当别人贬低你，也不必太在乎。你就是你自己。但是，如果别人的批评是为了让你成为更优秀的你，这时候你要记得忠言逆耳的道理，尽量让自己听进去，行出来。这样你的心就真正长大了！你会因此让自己更加光彩夺目！我的宝贝，你注定要成为那样的人！如果有任何困惑难题解决不了，记得打"爱心牌妈妈手机"哦，妈妈总是你的"远程问题机"，No Problem。

　　再提醒一句，还要记得多发现朋友的优点，多记住别人的好，记得每天记下重要行程和感受，遵守老师要求的规章制度，守时守约。

　　妈咪现在就开始期待着你的精彩分享，期待28

号在虹桥高铁站迎接你的幸福时刻！紧紧拥抱（妈妈最骄傲的事就是当了你的妈妈，拥抱你就像拥抱我的全世界）！

现在，亲爱的乐宝贝，放心去飞吧，妈咪的爱永远是助你飞扬的那缕轻风。

爱你的妈咪

2018年7月17日

唐池子（1975—　），儿童文学博士、作家。代表作有《班上来了"大猩猩"》《花湾传奇》《影子》《五条腿的马》《鸡蛋会跳舞》《爱散步的云》《一条想念春天的鱼》等。在这封信中，作者以充满童心和童趣的谈心方式与女儿进行交流，回顾女儿带给自己的一次次喜悦，希望女儿珍惜与小朋友一起到北大学习感悟的宝贵机会，鼓励女儿学到智慧的学习方法、卓越的学习精神，以勇敢、充满趣味的心随时准备拥抱这个新世界。经由情真意切浸泡过的每一个文字都飞扬着浪漫的神韵。

关于三只小仓鼠的汇报

王月鹏

程程，我的宝贝女儿：

按照你出门前的要求，爸爸跟你"汇报"一下小仓鼠的状况。

昨天爸爸送你和妈妈去车站以后，返回的路上堵了好长时间的车，赶到单位就已经迟到半个小时了。中午回家，看到鼠笼的顶盖敞开着，我知道那是你临行前为了给小仓鼠透透气，故意敞开的。瞅了瞅笼子，再瞅一瞅，心里突然变得忐忑，我只看到了两只小仓鼠，另一只不会是跑掉了吧？我摇了摇笼子，依然是两只。心里越发紧张起来，如果第一天就把小仓鼠弄丢了，爸爸该如何跟你交待啊？再摇，继续摇，谢天谢地，悠悠不知从笼子的哪个角落冒了出来，它伸着懒腰，显然是被我打扰了，看上去有些不太高兴。我却高兴起来，认真地数了一遍又一遍，是三只，确实是三只，新新、阳阳和悠悠。

我坐在沙发上，鼠笼摆在茶几上，悠悠看着我，有点紧张。它咬了咬鼠笼的铁丝网，像是给自己壮胆，然后就在"一楼"的木屑里撒欢跑开了。阳阳则从鼠笼通道口向里退了一步，又退一步，它的这个动作可能也是因为紧张。爸爸理解，毕竟以前照料这些小仓鼠的，是你，不是我。它们对我还有些陌生。

晚上从外面应酬回到家里，打开门，首先听到的就是小仓鼠在鼠笼转盘里跑动的哗啦啦的声响，听起来格外亲切和安慰。平时每天回家，都会听到程程宝贝的各种腔调的声音。去年暑假你和妈妈去扬州旅游的时候，家里还没养小仓鼠呢，爸爸晚上回到家里，感到一片寂静，心里空落落的。现在有小仓鼠，不同了，爸爸知道程程是多么挂念小仓鼠，爸爸回到家里就把大部分的精力都用在小仓鼠身上了。因为程程爱小仓鼠，所以爸爸也爱小仓鼠。

说真的，以前爸爸是不喜欢小仓鼠的，那天看到你买回来两只小仓鼠，内心有些不悦，但是看到你那么喜欢，也不好再说什么。你给它们起了两个很好听的名字：悠悠，淘淘。淘淘很快就死掉了。你从小朋友那里打听到了原因，说是黑色的仓鼠不好养。你怕悠悠太孤独，很快又买来了两只，起名叫新新和阳阳。你让妈妈从网上买了一个很大的鼠笼，三层。记得那天你坐在地板上，自己亲手捣鼓了半天，也没能把鼠笼安装好，只好向我们求助。我们一家三口照着说明书，用了足有一个小时的时间，才把新的鼠笼安装完毕。我们给三只小仓鼠搭建起了宽敞漂亮的三层房子，它们每天都在里面快乐地玩耍。后来，你又特意从网上选购了一个手提式的鼠笼，你说过几天要去参加小朋友的生日聚会，早就约好了，要带小仓鼠过去给大家欣赏一下。到时带哪只去，你是颇费了一番心思的：悠悠太好动，不听话；阳阳有点懒，精气神不够。你觉得新新最好，调皮，可爱，恰到好处，决定带新新去见小朋友。

　　爸爸回想这些，觉得心里很暖和。这个假期，爸爸会好好照顾这三只小仓鼠，相信它们也一定会适应我，熟悉我。等程程旅游归来，爸爸与小仓鼠已经成为好朋友了。

程程，我的宝贝女儿，爸爸给你写这封信的时候，三只小仓鼠正挤在笼子侧面的小盒子里睡觉。你临行前在小盒子顶上盖了一张纸，估计是考虑小仓鼠睡觉的时候不喜欢太强的光线，就用纸帮它们遮一下光。三只小仓鼠挤在那里睡觉，很省心，爸爸没有打扰它们。程程，爸爸想你和妈妈，想知道你们旅途上的所见与所闻，你可以写在微信上，发给爸爸看看。

爸爸

2015年10月2日

　　王月鹏（1974—　　），散文家，中国作协会员，山东省作协签约作家。代表作有《怀着怕和爱》《空间》《血脉与回望》等。现任烟台开发区文联办主任。这封信是一位父亲履行自己对出门旅游的女儿的承诺，专门"汇报"家中所饲养的三只小仓鼠的状况而写。信中回顾了女儿养小仓鼠的诸多快乐细节，剖解了自己对小仓鼠由不喜欢到逐渐适应再到渐渐喜爱的心理变化，对女儿的爱与对小动物的爱以参照呼应的形式跃然纸上。

给将要成年的女儿的一封信

张明池

亲爱的女儿：

你好！

女儿，再过几天，就是你的生日了，你就年满18岁，成人了。老爸代表你老妈向你表示衷心祝贺，并想以成人对成人的平等角色与你交流一下，故给你写了这封信。

女儿，想给你写封信的想法有好几个月了，但因想说要说的话太多，想说什么、要说什么把握不准，一直没有写。促使我今天给你写信的直接原因，是你18岁的生日很快就要到了，你很快就要成为法律意义上的成年人了，老爸以未成年人监护者的身份和口吻对你"说教"的机会已经不多了。

女儿，18年，你给了老爸老妈无穷无尽的幸福和欢乐，我们从心里感谢你。你一出生，虽然是个女儿，与多少有点儿封建头脑的爸爸妈妈的希望有点儿距离，但你不残不痴，我们很幸福、很快乐；你稍大一点儿，虽然不是很漂亮，与多少有点儿唯美主义的爸爸妈妈的愿望有点儿距离，但你健康活泼，我们很幸福、很快乐；你上学了，虽然学习不是那么出类拔萃，与多少有点儿望子成龙的爸爸妈妈的渴望有点儿距离，但你听话懂事，我们很幸福、很快乐。这18年，每一年、每一月、每一天，乃至每一时、每一刻，我们都在深深地爱着你，都在深深地为有了你这个女儿而骄傲和自豪。

女儿，回过头来，检讨一下我在这18年的言行，我自己感觉，基本上算得上是一个称职的、开明的爸爸，你老妈也基本上算得上是一个称职的、开明的妈妈。这些年，即使在当初生活比较困难的时候，老爸老妈也总是想方设法让你过得好一点儿，活得比别的孩子更体面一点儿；即使在家里面，面对你身上的一些小毛病和犯下的一些小错误，我和你妈妈也没有过对你的心灵造成太大的伤害的举动。在咱们两个之间，我一直将你当成平等的朋友，以至于有人看了都会说"没大没小"；在想让你学点儿什么的时候，我总是首先征求你的意见，想不想学？有没有兴趣？最后完全由你来定——包括想让你学音乐的时候，想让你学美术的时候，也包括你想学舞蹈的时候，你想学游泳的时候。当然，我也有很严厉、很霸道甚至很"残忍"的时候，可那是什么时候呢？对此我丝毫不愧疚，因为我容忍我的女儿有懒惰、任性之类的小毛病，但绝不允许我的女儿有不诚实、不宽容之类道德品质上的缺陷——这是影响一个人一生的大事。女儿，想一想，老爸说的或许有一定的道理吧。

女儿，对我们这个家，老爸老妈都在全心全意地维护着，维护着它的温馨，维护着它的体面，虽然我们为此付出了许多心理和生理上的代价。作为这个家庭的重要组成部分，甚至说最重要的组成部分，你应该比我们更珍惜、更在乎我们这个家，因为它将给予你比给予我们更多的帮助或伤害，因为你的工作、生活乃至名声、命运，今后还要更长时间地与它联系在一起。

女儿，你马上就要18岁了，度过了青春期，已经成人了，应该向一个大人那样，用比较成熟的眼光看问题、用比较长远的头脑想问题了。我知道你现在学习的压力很大，心理的压力也很大，故不想与你说过多的希望的话，只想再将过去与你说过多少遍的"老调"重弹一下，静下心来琢磨一下，你或许会有与过去不同的感觉：

——不吃苦中苦，难得甜上甜，难做人上人。

——做人要有责任感，包括对自己负责、对家人负责、对社会负责。

——没有付出，得不到回报，努力付出一定会得到加倍的回报。

——别为了一时的痛快放纵自己而遗恨终生，"一失足成千古恨"并不仅仅形容那些在监狱里蹲着的人。

——少壮不努力，老大徒伤悲，因为你还有很长很长的人生之路，莫待日后再"书到用时方恨少"，记住：世界上买不到"后悔药"！

女儿，老爸老妈今年40多岁了，满打满算还有10多年的工作时间，而你的人生之路还很长很长；老爸老妈这辈子不会再有太大的出息了，而你的未来却写满了未知，未知虽是风险，更是希望。老爸老妈不可能包办你的一切，也不可能跟你一辈子，自己的路总还是要靠自己去走，自己的未来总还是要靠自己去搏。老爸老妈多么希望我们女儿的明天会辉煌灿烂、眩目夺人啊！相信我们18岁的聪明女儿一定能读懂老爸的这封信，而且比老爸自己还要读出更多的东西。

女儿，请记住：老爸老妈永远爱你！

爱你的父亲

2009年8月20日

张明池（1963—　　），历任《党员干部之友》杂志社总编辑，省旅游局副局长、旅发委副主任等职。这封写给女儿的信，主要是从女儿需要疼爱更需要管教的辩证的角度，阐释了父亲以朋友的角色和理性的姿态与女儿平等相处、平和交流的必要性和重要性。深切的关爱和殷切的期望力透纸背。

自泰国写给女儿的信

王海燕

我最最亲爱的小孩：

来泰国已经有一段时间了，非常想你。虽然现在通信这么发达，但我一直还是喜欢打开信封，把信纸展开细细读来的感觉。但因为刚来泰国就投入工作，还要努力克服语言关，紧张的节奏让我应接不暇，加上各方面都不熟悉，找不到泰国的邮局，所以这封信现在才能写成寄到你手中。耳边是泰国小孩叽里呱啦的泰语声，在这样的环境下给你写信，真是一种特别的感受。

想在这里说说我对你的期望吧。

首先是品德，我知道你是个正直善良、有爱心的好孩子，希望你能一直保有这份正直善良和爱心，将来不论遇到什么样的事情，能始终坚持做好自己。另外希望你在除了善良外，还能保持清醒的头脑，交朋友要慎重，遇到良师益友是人生中的幸运，遇到感觉不好的人，要记得学会分辨和拒绝。

其次是学习。学习能力是一个人一生中最重要的能力，也是人的一生都要努力拥有的能力。学习能力的强与弱，上学阶段直接关系到成绩的高低，将来工作了，直接关系到工作成果的大小，关系到自己生活质量的高低。希望在你该学习的年龄里，用你所具有的学习能力，努力让自己达到更好的状态。你是一个聪明的孩子，这个道理不用我多说，你自然会懂。

说实话，对于你现在的学习状态和成绩，我是很满意的，尤其在我离家这段时间，你的表现给了我惊喜。我都没想到，你升入初中适应得这么快，进步那么大。其实，除了你做题"偶尔不细心"（这是你常给我的理由）外，还真挑不出别的毛病。可是我的小孩，这个"偶尔不细心"是很可怕的。有句俗话说"一招不慎，满盘皆输"，宇宙飞船会因为一个小错误飞不上天；医生会因为一个不细心，可能就会危及别人性命。我知道你一直在努力，努力要求自己奔向"学霸"的目标，如果仅仅是因为一个"偶尔不细心"，成绩落后，实在是有点不值得，你说是吗？

再次是生活，你已经是个大姑娘了，脚已经比我大，等我明年回国，你个子一定就比我高了，做饭也做得越来越有花样，真高兴看到你的长大，看到你应对生活中的问题能力越来越强。有一件事，可能你要过一段时间，也可能你明天就会经历，那就是我来泰国前刚和你讨论的"大姨妈"（大姨妈是和孩子讨论月经的代称）问题，我知道你的绝大部分女同学都已经历了，这也是每个女孩都会经历的，这是一个长大的标志，标志着你的身体跨入了另一个阶段——青春期。青春期的孩子，希望你不要太叛逆哦！老妈都快更年期了，青春期遇到更年期，你说是你让我还是我让你？还是你让着我点吧？要不然更年期的老妈会发疯的！如果在我不在家这段时间，你的这位大姨妈客人来造访你了，不用紧张，马上告诉我，相关的注意事项、如何处理这些问题，临离家的时候我都教给你了，你按照我教的方法处理就可以。

看看信纸已经不多了，老妈再啰唆几句就结束，那就是：要坚信，就目前来看，老爸老妈绝对是这个世界上最爱你的人！所以，不论面对什么问题，都记得要和老爸老妈敞开心扉，包括万一有男生写给你的小纸条。你那么优秀，将来一定会有好多男孩喜欢你，这是很正常的，我们也希望将来有一天，能有一个和我一样爱你的甚至能超过我们爱你的人出现，那是将来属于你的爱情。但是老妈希望你能保持清醒头脑，适当的年龄做适当的事，你现在年龄实在太小，如果爱情是一枚甜美的果实，我们是在它还未成熟的时候去摘呢，还是等到它长到最甜美的时候摘？这个道理，我相信你懂。

我知道你们班里有个别男生给女生写纸条，你们私下里也会讨论。但我的小孩，你应该明白，小屁孩们之间的好感，离着真正的爱情还远着呢！大学就是一个最大的筛选器，你自己能足够优秀的到达你自己心仪的大学，才能和更优秀的那个男孩匹配！你过的应该是高配的人生，而不是在初中阶段该学习的时候去胡思乱想的，从而耽误自己一生！所以希望你能和我们敞开心扉，毕竟你现在经历的，是老爸老妈已经经历过的，我们会有有益的经验提供给你，让你少走很多弯路，相信老爸老妈！

最后，还是在泰国小孩叽里呱啦的泰语声中结束这封信，你老爸和你的护照签证已经办完了，期待你尽快来泰国和我相聚！

祝我最最亲爱的小孩健康！快乐！

永远最爱你的老妈

2015年11月18日于泰国宋卡府合艾市德教树强学校

王海燕（1977—　），莱芜市第二实验小学美术教师，代表作有散文集《闲扫落花》，为《齐鲁晚报》撰写泰国支教专栏。这封母亲写给女儿的信，围绕着女儿成长过程中简要经历的各种生理和心理变化等问题，给出了从品德到学习到生活各个方面的积极建议，文字生机盎然很接地气，散发出温润的母性光泽和鲜活的日常气息。

要什么臭行囊，
轻装前行也罢

王照杰

阿宇，就在昨天也就是今年高考的第一天上午的10点1分，在经过了长达两周的咨询分析权衡后，你自己终于确定了第二学位选择数学或者应用数学。但就在昨天下午的2点42分，在报名的最后一刻，你犹豫了或者说你清醒了，你决定放弃第二学位的学习，充分利用这些时间做一些自己喜欢的事情。那一刻，爸爸其实是有些犹豫，有些惋惜，甚至有些懊恼的。

待到昨天晚上，爸爸看到当天的山东高考作文题目时，爸爸忽然有些释然了，并开始打心底里支持你。因为爸爸忽然想起了爸爸年轻的时候，也就真正理解了一如爸爸年轻时候的你。年轻人，或许无知却无所畏，或许莽撞却有活力。这年轻人之活力恰如泉水，不用领引即会汩汩而出；这年轻人之活力恰如旭日之东升，纵有乌云也挡不住其万丈光芒。

阿宇，遥想18年前，在剪开你妈妈脐带的一刹那，你尚是个嘤嘤啼哭的小人儿，弱小到睁开眼睛都困难，弱小到没有意识与思想，甚至没有褓褓这样可以包裹你的皮囊，更不用谈理想与追求了。爸爸何曾想到你会出落成如此亭亭玉立让爹爹也忍不住多瞟几眼的美人儿，妈妈何曾想到你会优秀到足以令我们老王家与老高家两大家族都引以为豪的超级学霸！

阿宇，遥想15年前，爸爸尤其是妈妈因你生日是11月份而按规定没有联系小学并想让你到次年再上时，你一个小小的幼童竟然坚决不再上幼儿园大班，坚持一个人在家半个月之多，中午仅仅是依靠爸爸匆匆忙忙骑摩的送来的威海最著名的小吃"神龟馅饼"而独自维系每一天，并最终因你小破孩的决绝而迫使爸爸妈妈屈从于你，历经波折最终帮你联系了离我们正常应上的只有500米之近的优秀学区塔山小学而奔赴 2000 米之遥的南山小学，当时爸爸妈妈也没有为你准备盛满书本的书包这样的行囊就匆匆送你去了南山小学。

阿宇，遥想 12 年前，爸爸因奔波两地而忽略了对于你的教育，当你向爸爸问起了为什么梁月家有大的房子和车子而咱家没有大房子和车子这样的问题时，爸爸才感觉到教育的重要性并开始为你撰写第一封信笺，继而形成系列作品并获得《青岛财经日报》的最高大奖，这些信笺也同时促进了我们父女的感情与交流，并最终使你在那么小的年龄抛弃了充满物欲与卑劣可能的皮囊。

阿宇，遥想 9 年前，你因妈妈的突然应聘到青岛而匆匆从海滨小城威海进驻繁华都市青岛的时候，你也因没有准备好自信从容的行囊加之恰逢青春叛逆期的缘故，天天在放学之后把自己封锁在青岛市南区盐城路我们租住的那个小房间里，任由自己沉浸在个人的悲伤、无奈甚至绝望中，并以你为主与另外三个小女孩开始撰写青春小说。无论爸爸妈妈想尽千方百计规劝，你依然故我，对爸爸妈妈充满了怨言甚至仇恨，对青岛充满了厌恶甚至敌意，每周都要回威海去看望你的小朋友、你所钟爱的威海流浪猫。那时我们的家庭是多么的风雨飘摇，那时我们的情感是多么的支离破碎，那时我们对于未来是多么无奈、无助甚至无望！

阿宇，遥想4年前，在经历了一系列如"凤凰集香木自焚，复从死灰中更生"的涅槃那样，孩子你终于以直升生的身份长驱直入青岛二中，所谓漫卷诗书喜欲狂！而恰在此时，爸爸却突遭心理上的意外，走进了"死荫幽谷"，全家都沉浸、忙碌在对于爸爸的医疗之中，本来轻装步入高中的你却背上了哀伤沉郁的行囊，加上二中英才之桀骜出众超出你个人之想象，几乎每个孩子都带着充满荣誉与才能的行囊，那时的你虽然小小年纪，却品尝到了李叔同大师在历经人间悲欢离合于弥留之际所书写的"悲欣交集"的苍老心情。最终，在上帝的特别眷顾下，在生活这个大熔炉的试炼下，在二中这个真正素质教育的优秀学校的锻造中，在爸爸如有神助的蜕变下，你也终于在最后两年取得了杰出的荣誉，担任了二中学生会的主席，斩获了国内外一系列大奖，并在离高考仅有9个多月的情况下，在你因学生会活动的影响以及你没有足够的重视与努力而造成成绩相对较弱的严峻形势下，我的宝贝女儿你，以头悬梁锥刺股般的刻苦与努力，以迥异于其他优秀学生的坚毅与自信，在最后时刻绝地反击，取得了高考较为满意的答卷。

阿宇，遥想1年前，你在终于步入了你相对满意的高校与专业后的一个月里，你开始迷茫了。你感到自己如一只孤雁落入家禽的樊笼，甚至觉得你所步入的这个高校不如青岛二中这样的高中，并开始留恋追忆在二中紧张而又刻骨铭心的日日月月。一向独立甚至自小学一年级到高三毕业都从未认真问过爸爸一个问题的你，开始郑重其事地微信微我：爸爸，我感到无助，感到无力，感到无所适从。其时，爸爸并未当回事，因为爸爸也曾经历过这样的阶段，这也是每个步入大学校园的学生都要经历的迷茫与彷徨过程，所以爸爸仅仅浏览了一遍就当一阵风任其刮过了。待到三个月后你妈妈再次与我谈起你的变化与感受，爸爸才想应该连续已间隔四年之久给你写信的习惯，与你进行人生与理想的交流与沟通。其时，你已经开始对于你高考前坚持报考的园林专业失去了一部分兴趣，并有了转向爸爸所支持的经济专业的想法。当时你问爸爸，在全球包括中国经济如此低迷的情况下，学习经济是否合适、是否容易找到工作时，爸爸又因工作忙碌回复了你一句：冬天没有花朵，下雨就要打伞！

后来一个月后当你妈妈怯怯地问我这句话的含义时，爸爸才想到应该好好与你解释，其实这个时候你已经调整了情绪，坚定了目标并充满了斗志，已无需爸爸解释什么了。爸爸这句话的本意是，在经济低迷的情况下，任何行业都会相对萎缩，无论园林设计，无论经济管理，这其实就是"冬天没有花朵"的含义。"下雨就要打伞"则是指在经济低迷的情况下，无论是经济管理专业还是园林设计专业，只要你足够努力，足够坚韧，足够优秀，你都可以有所创新，有所成就，有所斩获。

阿宇，啰唆了这么多遥想，絮叨了这么多追忆，爸爸几乎没有真正分析过这次高考作文，没有就行囊而书写行囊，没有就行囊而贴近行囊。从高考作文的角度，不熟悉爸爸的人们读以上信笺时，或许会觉得有些词不达意，或许会觉得有些离题万里，或许会觉有些丈二和尚，并因此觉得爸爸有些癫痫痴狂。但作为有着一样血缘有着一样基因的爸爸的女儿，作为往往不用言语就可以感知可以理解爸爸的你，应该懂得愚妄狂妄爸爸我之语无伦次或非不知所云，应该可以从中体味到什么。

孩子，你妈妈说爸爸是野生野长的，其实她是说爸爸做事从来不按章法，不守规矩，恰如爸爸之一人登山，总是不走山径而走野路；恰如爸爸之冬夜孤游，人以为痴狂，我自以为独享。如果真正要让爸爸重新参加一次高考，真正如今之敢做敢想而非当年为成绩之高大上而虚与委蛇的话，爸爸想说的是：要什么臭行囊，轻装前行也罢！

最后，爸爸以你去年申请香港某大学所引用的一句话反送给你：康德说，有两件事会撼动我们的灵魂，一是天上的星空，二是道德的精神。爸爸以为，天上的星空和道德的精神才是我们真正的行囊，才是无囊之有囊！所以，爸爸继续重复这句话，来送给已步入大学校园的女儿你：要什么臭行囊，轻装前行也罢！

王照杰（1970—   ），代表作有散文诗歌集《给女儿的九封信》。这封书信以哲理性的生活思考和诗意化的语言，告诉女儿天上的星空和道德的精神才是人生真正的行囊，才是无囊之有囊。鼓励女儿丢掉一切负累，轻装前行。

给即将开启大学生活的
女儿的一封信

王 浩

闺女：

　　这几天我总是睡不好觉，经常半夜醒来，尽管还没到开学的时间，但脑中常常想象你在收拾行囊，将要远行的情景。

　　再过十几天你就18岁了，已经到了真正意义上的成年，应该具备独立自主的能力了，但毕竟，18年来，你第一次要离开我们独自远行，独自生活，想到这些，心里是满满的牵挂和忧虑。纪伯伦说："你的女儿其实不是你的女儿，她们是生命对自身的渴望而诞生的孩子，她们借助你来到这世界，而非因你而来，她们在你身旁，却并不属于你。"孩子好比是雏鸟儿，终有一天羽翼丰满了要飞出去的，这个道理我懂，但真到了这一天，心里又难以接受。

孩子，你是你的，但你永远也是爸妈的，儿行千里母担忧，父亲又何尝不是？即将远行了，爸爸把四十多年的生活经验浓缩成一些话告诉你，让你在未来少走些弯路，快快乐乐满怀希望地出去，平平安安收获满满地回来，所以你要耐心认真地看完……

首先要有安全意识，要学会保护自己，无论什么时候生命都是最重要的，这一点最重要。生命有时候是那么的脆弱，无论遇到什么情况，生命安全永远都是第一位的。不要轻易相信，为了什么什么，甚至可以牺牲生命之类的话，生命都没有了，其他还有什么意义呢？外出的时候要尽量和同学结伴，不要很晚回学校（尽量在天黑以前回）。要学会判断人，一个人的品性是很难长时间掩饰的，对那些暴躁的人、自私的人、品性不端的人、别有用心的人都要敬而远之。独自外出尽量选择乘坐公交，即使和别人一起乘坐出租车的时候，也尽量选择乘坐正

你的女儿其实不是你的女儿，她们是生命对自身的渴望而诞生的孩子，她们借助你来到这世界，而非因你而来，她们在你身旁，却并不属于你。

规的出租车，一定不能贪图便宜乘坐黑车，更不能单独接受陌生人的搭乘。贵州是个风景秀美的地方，周末学习不紧的时候可以去游历名山大川，从而开阔视野增加阅历，但也一定要和几位熟悉的同学结伴同行。

你是个性格温顺的孩子，爸爸不担心你会和别人争吵闹矛盾，但要学会远离矛盾和是非，很多危险都是从很小的矛盾引起的，因为我们身边经常有性格偏执的人，他们往往是危险的人。无论什么时候都要有自己的判断，一定要有自己的底线。

其次，学习是最重要的使命，大学生也还是学生，学生就要以学习为本。有些学生到了大学就是混日子，就是混张文凭，浑浑噩噩四年一无所成。大学是培养综合素养的地方，学好专业课的同时，要多读些书，尤其是文学类和哲学类的书，喜欢上文学会让你一生很有情趣，哲学会让你变得更聪明，喜欢上了读书，你的一生都不会寂寞，我现在每天早上强迫自己至少读一小时的书，长期坚持肯定受益无穷。我个人认为上大学即使什么都没学到，只要养成读书的习惯，也是最大的收获。

生活上我也絮叨几句，你长这么大都是衣来伸手饭来张口，没怎么做过家务活，到了大学就一切靠自己了，爸爸希望你成为一个勤快的人，无论什么时候，勤快的人都是让人喜欢的。贵州喜欢吃辣，这点你应该喜欢，大学的伙食怎么样还不知道，但不要委屈自己，在饮食、读书方面不需要太节省，上了大学，爸爸还是希望你能吃胖点。无论什么时候既不铺张浪费（无论富有还是贫穷，节俭都是美德），也不寒酸。

有一点我还是有点担心，手机、电脑是现代生活的工具，但不能变成"手机控""电脑控"什么的，无论做什么，被控了就不好了，要进得去出得来，不能因为沉迷手机、电脑而误了学习读书的大事。爸爸希望你是一个有自控力的人和一个知道孰轻孰重的人！

总之，爸爸妈妈和你所有的亲人都是你背后强大的"亲友团"，共同助你顺利完成精彩的大学四年，祝你再谱华章。

爱你的爸爸

2017年8月20日晚12时

这封书信写得感情深切，文字朴实。字里行间渗透着一位父亲对即将开始大学新生活的女儿满满的牵挂和祈愿，牵挂着女儿从学习到生活到与人相处各方面独立而为的困难，祈愿女儿快快乐乐满怀希望地出去，平平安安收获满满地回来。

董桥写给女儿的信

董 桥

绮绮：

你信上说你那儿秋意渐浓，你早晚上课上图书馆都记得披毛衣，也记得多吃蔬菜水果，我很放心。其实，收到你的信就很放心了，何况你信上说你会好好照顾自己！明明知道你都那么大了，当然学会了顺着我的心意说些教我放心的话，但是，你在信末顺手写了这两三句话，我竟放心得不得了！人，实在并不太难应付，是吗？前几个月送你去上学的时候，我心里真舍不得，也真拿不定主意，可是又不能让你知道，怕你更难过，因为据说做爸爸的人是不能没有主意的。那几个晚上，我在旅馆里跟你说的话，听来是在安慰你，鼓励你，其实也在安慰我自己，鼓励我自己。

你当时说了一句话我到现在还记得很清楚，你说："要是能像当年你和妈妈带着我和弟弟到伦敦去就好了，你在伦敦做事，我和弟弟在伦敦念书！"我不知道该说什么。人是要长大的，长大了就不必老跟爸爸妈妈在一起。你这封信上说，你不在家里了，才知道家里多好。这是真心话，我知道。当年带着你们在伦敦住了那么久，我也很想回到中国人多的地方住一住，于是我们又搬回香港来了。这种想法其实相当可笑。

那天跟你去看你的学校，我无端想到陈之藩先生《旅美小简》里那篇《失根的兰花》。你的学校跟他去的那家费城郊区小大学一样，"校园美得像首诗，也像幅画。依山起伏，古树成荫"，难怪他想起北平公园里的花花草草，"总觉得这些花不该出现在这里。它们的背景应该是来今雨轩，应该是谐趣园，应该是宫殿阶台，或亭阁栅栏"。我当时不是告诉你说，这个校园跟我在台南的校园有点像吗？可是你竟说很像你在英国那家中学的校园，也像你在香港那家中学的校园。

你看你看，人一怀旧，记忆就不老实了，眼睛就来骗人了。你爷爷当年久客南洋，也忘不了唐山的一山一水，他的《燕庐札记》里有这样几句话："予寓之燕，两廊不下百余；每当夕阳西下、炊烟四起时，颇有倦鸟思还之态。吾人离乡背井，久客异方，对此倦鸟归巢，能不感慨系之！……"你记得我们伦敦家里那幅小小的版画吧？那是我偶然在大英博物馆斜对面一家破店里看到的，刻的竟然是几只飞燕，刻工虽不很好，我还是买回家里挂，因为爷爷在世时喜欢燕子！你信不信："怀乡"是一种癖性，会一代一代传下去，用不着传教似的传下去，是传染似的传下去。你说你在唐人街里买了一大堆中国罐头雪菜和皮蛋在宿舍里弄宵夜吃，爷爷知道了一定又心疼又高兴："虽说她满身是维多利亚衣橱里的樟脑味道！"他会说。爷爷在这种事情上最不讲理，你大概记不得了。老实说，家国之情既然是"情"，也就顾不了"理"了。他久客异方，嘴里虽懂得说"大抵心安即是家"，心事无奈跟陈之藩先生说的一样："花搬到美国来，我们看着不顺眼；人搬到美国来，也是同样不安心！"这也算是自己折磨自己，最糟的是这折磨倒真有点乐趣，说是痛快也恰当。你说你喜欢弟弟给你的信上说的那句话："想家你就哭吧，哭了会痛快的。"弟弟不懂政治，倒懂点心理。想家、思乡、爱国、怀旧是心理在作祟，未必是政治搞的鬼。二次大战期间，英国政府到处贴海报，鼓励壮丁从军报国；海报上画的是一些英国女人倚门挥别丈夫、情人，上面写着："英国妇女说：去吧！"不必搬出爱国论调，攻心一攻就破了！

　　对了，不要把时间和精力都花在课堂上和教科书里；多抽空交朋友，多出去逛逛。老远跑到外国去，不是为了拿一张文凭回来见我。学生活比拿文凭要难。要懂得过快快乐乐的生活，要会过各种不同的生活。不要担心自己荒废中文，你会看懂我的中文信就够了。至于中国历史和中国文化传统，看来你也染上了爷爷的解性，不论到哪里都改不过来了，不信你等着看。这可不是什么狗屁哲学家放的狗屁。两位牛津教授一边散步一边聊天，其中一位说："邻居有个小孩很希望见见拿破仑，我说：这可办不到。他问我为什么，我说因为拿破仑是古人，而你不可能从一百三四十年前就活到现在还没死。他不信。我说因为这是说不通的，正如我们不能说：你可以同时活在两个地方或者说你可以回到古代去。小孩于是说：既然只是说不通和说得通的问题，我们换一换说法不就成了吗？你说我该怎么回答这小孩？"另一位教授说："让他去试吧，试试回到古代去。试一试并不犯法。让他试，看他试出个什么来。"你看，怎么说都没用，自己试一试就知道了。每一代的中国人都在试着回到古代的中国去，劝也劝不来。雪菜和皮蛋就这样传到外国去了，还有爷爷的燕子，你放心。

忘了告诉你：那天跟你在美国买到的那张藏书票已经镶了镜框挂在我书房里了。约翰逊博士真凶，把老书商打得直哆嗦，妙极了！这种玩意儿这里买不到，外国才有。糟糕！

爸爸

八三年十一月十六日

董桥（1942—　　），散文作家。主要著作有《双城杂笔》《这一代的事》等。这封信以生动活泼的笔致，与女儿谈天说地，告诉女儿要懂得过快快乐乐地生活，要会过各种不同的生活。一个热爱生活、关爱女儿的慈父形象呼之欲出。

曹禺写给女儿的信

曹　禺

　　小方子，你不能再玩了，爸爸心里真着急。这么大岁数，不用功写作，还不能"迷"在创作里，将来如何得了？我以为人活着总要有一点比较可以自豪的内在的理想，万不能总想着有趣好玩之事，要对爸爸说真话，要苦用功。必须一面写作，一面争取多从真实生活中找素材，积累素材。素材要记下来，一句话，一个人物，一点小故事，分门别类地记。日后要拿出来看，要想。不然记过的东西也等于白记。每晚回家不能创作时，就把一天的材料用心写下来，订成一本。你最好买个活页本，这样更方便。

方子，我不是说要你做个苦行僧，但必须有志气，你喜欢干的事情看准了，就要坚持下去。为自己选择了的道路去苦干。

1981年10月9日

我以为人生只此一次，不悟出自己活着的使命则一事无成，势必痛悔为何早不觉悟，到了一定年龄便知这是真理。

这几年，我要追回已逝的时间，再写点东西，不然我情愿不活下去。爸爸仅靠年轻时写了那一点东西维持精神上的生活，实在不行。但创作真是极艰苦的劳作，时常费日日夜夜的时间写的那一点东西，一遇到走不通想不通的关，又得返工重写。一部稿子不知要改多少遍。当然真有一个结实的大纲与思想，写下去只是费时间，倒不会气馁。

最近读了《贝多芬传》，这位伟大的人激励我。我不得不写作，即便写成一堆废纸，我也是得写，不然便不是活人。

1982年2月9日

我一生都有这样的感觉，人这个东西是非常复杂的，又是非常宝贵的。人，还是极应当把他搞清楚的。无论做任何事情，写作，做学问，如果把人搞不清楚，看不明白，这终究是一个极大的遗憾。

爱因斯坦说："热爱是最好的老师。"他说自己一生的成就都得益于此。我想加一句："着迷是最好的朋友。"希望你能真正在创作中得到平静快乐的心情。

1982年6月10日

天才是"牛劲"，是日以继夜的苦干精神。你要观察，体会身边的一切事物、人物，写出他们，完全无误，写出他们的神态，风趣和生动的语言。不断看见，觉察出来，那些崇高的灵魂在文字间怎样闪光的。必须有真正的思想。没有思想便不成其为人，更何况一个作家。其实向往着光明的思想才能使人写出好东西来。卑污的灵魂是写不出真正让人称赞的东西的。

生活中往往有许多印象，许多憧憬，总是等写到节骨眼儿就冒出来了。要我说明白是不可能的，现在不可能，写的时候也不可能。

我的话不是给木头人、木头脑袋瓜写的。你要常想想，揣摩一下，体会一下，看看自己相差多远。杰克·伦敦的勇气志气与冲天干劲、百折不回的"牛劲"是大可学习的。你比起他是小毛虫，你还不知道苦苦修改，还不知道退稿再写，再改。再改，退了，又写别的，写，写，写不完地写，那怎么行？

1983 年 7 月 13 日

　　曹禺（1910—1996），中国杰出的现代话剧剧作家，原名万家宝。代表作有《雷雨》《日出》《原野》《北京人》等。这里收录的是曹禺写给自己女儿方子的四则短信，鼓励女儿以高尚的灵魂和坚韧的毅力为引导，克服慵懒、懈怠，用功用心、勤奋创作，字字句句语重心长。

致梁思顺书

梁启超

宝贝思顺：

　　昨日松坡图书馆成立，馆在北海快雪堂[1]，地方

---

　　[1]北京北海公园快雪堂位于北海北岸，快雪堂为三进院落，分别为澄观堂、浴兰轩、快雪堂。清乾隆四十四年，乾隆皇帝得到元代书法家赵孟頫临摹晋代王羲之《快雪时晴贴》石刻，特建金丝楠木的快雪堂。今日为快雪堂书法博物馆。快雪堂曾是松坡图书馆旧址，以纪念蔡锷将军"倒袁"的历史功绩，梁启超当时出任馆长。1926年徐志摩与陆小曼结婚，请梁启超出席证婚，婚礼就在快雪堂。关于这件事，梁启超在第二天写给孩子们的信中，这样说："我昨天做了一件极不情愿做之事，去替徐志摩证婚。他的新妇是王受庆夫人，与志摩恋爱上，才与受庆离婚，实在是不道德至极。我屡次告诫志摩而无效。胡适之、张彭春苦苦为他说情，到底以姑息志摩之故，卒徇其情。我在礼堂演说一篇训词，大大教训一番，新人及满堂宾客无一不失色，此恐是中外古今所未闻之婚礼矣。"

好极了，你还不知道呢，我每来复四日住清华[1]三日住城里，入城即住馆中。热闹了一天。今天我一个人独住在馆里，天阴雨，我读了一天的书，晚间独酌醉了，好孩子别要着急，我并不怎么醉，酒亦不是常常多喝的。书也不读了，和我最爱的孩子谈谈吧，谈什么，想不起来了。你报告希哲[2]在那边商民爱戴的情形，令我欢喜得了不得。我常想，一个人要用其所长（人才经济主义）。希哲若在国内混沌社会里头混，便一点看不出本领，当领事真是模范领事了。我常说天下事业无所谓大小，士大夫救济天下和农夫善治其十亩之田所成就一样。只要在自己责任内，尽自己力量做去，便是第一等人物。希哲这样勤勤恳恳做他本分的事，便是天地间堂堂的一个人，我实在喜欢他。好孩子，你气不忿弟弟

---

〔1〕1925年清华大学成立国学研究院，吴宓聘王国维、梁启超、赵元任、陈寅恪为导师，即是今天所传说的清华四大导师。

〔2〕梁思顺的夫君周希哲，据后文可知，为驻外领事。1916年10月11日梁启超给思顺的信中说："希哲就外交部职无妨，吾亦托人在国务院为谋一位置，未知如何？领事则需俟外交总长定人乃可商。但做官实易损人格，易习于懒惰与巧滑终非安身立命之所。"1921年5月30日致思顺书中又说："尝告彼（指希哲）'学问是生活，生活是学问'。"

妹妹们[1]，希哲又气不忿你，有趣得很，你请你妈妈和我打弟弟们替你出气，你妈妈给思成们的信帮他们，他们都拍手欢呼胜利，我说我帮我的思顺，他们淘气实在该打。平心而论，爱女儿哪里会不爱女婿呢，但总是间接的爱，是不能为讳的。徽音[2]我也很爱她，我常和你妈妈说，又得一个可爱的女儿。但要我爱她和爱你一样，终究是不可能的。我对于你们的婚姻[3]，得意的了不得，我觉得我的方法好极了，由我留心观察看定一个人，给你们介绍，最后的决定在你们自己，老夫眼力不错罢。徽音又是我第二回的成功。我希望往后你弟弟妹妹们个个都如此。这是父母对于儿女最后的责任。我希望普天下的婚姻都像我们家一样。唉，孩子，但也太费心力了。像你这样有这么多弟弟妹妹，老年心血都会被你们绞尽了，你们两个大的我所尽力总算成功，但也是个人缘法侥幸碰着，如何能确有把握呢？你妈

---

〔1〕梁启超共有9个子女：思顺、思成、思永、思忠、思庄、思达、思懿、思宁、思礼，其中思顺、思成、思庄为李夫人所生，思永、思忠、思达、思懿、思宁、思礼为王夫人所生。

〔2〕林徽音，后来改为林徽因，梁启超长子梁思成之妻。

〔3〕梁思顺、梁思成的婚姻都是梁启超为儿女选定的，他自己说"老夫眼力不错罢"，表明他对这对儿女婚事的态度。

妈[1]在家寂寞得很，常和我说放暑假时候很高兴，孩子们都上学便闷得慌，这也是没有法的事。像我这样一个人，独处一年我也不闷，因为我做我的学问[2]便已忙不过来；但天下人能有几个像我这种脾气呢？王姑娘[3]近来体气大坏，因为你那两个殇弟产后缺保养，我很担心，他也是我们家庭极重要的人物。他很能伺候我，分你们许多责任，你不妨常常写些信给他，令他欢喜。我本来答应过庄庄[4]，明年暑假绝对不讲演，带着你们玩一个夏天。但前几天我已经答应中国公学[5]暑假学校讲一个月了。他们苦苦要我去，我耳朵软答应了。我明春要到陕西讲演一个月，你回来的时候还不知我在家不呢？酒

---

〔1〕梁启超的第一任夫人，青年梁启超参加广东乡试中举人，主考官李端棻爱其年少才高，将堂妹李惠仙许配与他。李惠仙比梁启超长4岁。两年后，二人完婚。

〔2〕有《饮冰室全集》，以《中国近三百年学术史》《少年中国说》等为著名。

〔3〕梁在书信中又称王姨，即王桂荃，为梁的偏房夫人。

〔4〕即梁思庄。

〔5〕1906年4月10日（丙午年三月十七），中国公学在上海创办。1915年，北京国民大学与上海中国公学合并，称中国公学大学部。

醒了〔1〕不谈了。

民国十二年（1923）十一月五日

梁启超（1873—1929），字卓如，号任公，清朝光绪年间举人，中国近代思想家、政治家、教育家、史学家、文学家，积极鼓动"诗界革命"和"小说革命"，与他的政治改良相辅相成。主要著作有《中国近三百年学术史》《中国历史研究法》《饮冰室合集》等。此信主要是与女儿交流自己平日里关于读书、饮酒以及关心儿女婚姻的所思所想，文字简短而朴实，流露出平实而鲜活的日常生活气息。

---

〔1〕关于喝酒，梁启超在1922年致思顺书中有这样的话："四五日前吃醉酒。你勿谅，我到南京后已经没有吃酒了，这次因陈伯严（即陈寅恪的父亲陈三立，著名国学大师，中国最后一位传统诗人）老伯请吃饭，拿出五十年陈酒来吃，我们又是二十五年不见的老朋友，所以高兴大吃。"

Facebook创始人写给女儿的信

〔美〕扎克伯格

亲爱的麦柯斯：

我和你的母亲对于你的诞生所带来的对未来的希望难以言表。你的新生活充满了希望，我们祝愿你可以健康快乐，这样你就可以充分探索。你已经给了我们充分的理由仔细考虑我们希望你住在怎样的世界。

像所有的父母一样，我们想要你在一个比我们现下更美好的世界里成长。

虽然新闻头条总是关注着哪里出了问题，但从很多方面看，我们的世界正在变得更好。

卫生水平在提升、贫困人口在减少、知识在累积、人与人彼此联通，各领域的技术也在发展，这都意味着，你的人生应该比如今我们的生活更加美好。

我们会尽我们所能让这一切发生，不仅仅是因为我们爱你，更因为我们对于下一代的所有孩子都有一种道德责任感。

我们相信人人生而平等，未来几代人也一样。我们社会有责任为那些即将来到社会上的人为改善生活而投资，而不仅仅是为了现在的人们。

但现在，我们并没有总是将资源用在解决你们这一代将面临的问题上。

以疾病为例，我们用在治疗患者的费用，是我们投资在避免你们从根源上得病的研究上的50倍。

药学作为一门真正的科学仅仅发展了不到100年，然而我们已经见证了许多疾病的治愈，以及在治疗其他疾病上的可喜进步。随着科技的加速发展，我们有望在未来的100年间预防、治疗和处理所有或是大部分剩下的疾病。

如今，有许多人因为心脏病、癌症、中风、神经退化疾病和传染病这五类疾病而死，我们可以加速在这些疾病以及其他疾病上的进展。

当我们意识到你们这一代和你的子女一代有可能不用再受到这些疾病的困扰，我们都有责任将我们的投资向未来倾斜更多，以实现这一可能。你的母亲和我想尽我们的努力。

治疗疾病需要时间。五年或十年的短时间内，我们所做的可能难见成效。但是在更长远的未来，现在播下的种子会成长起来，终有一天，你和你的孩子会看见我们只能想象的世界：一个没有疾病的世界。

像这样的机会还有很多。如果一个社会把更多的力量集中在这样重大的挑战上时，我们能为你们这一代创造一个更好的世界。

我们希望我们的下一代能够关注两个观念：发掘人类潜力和促进人类和平。

发掘人类潜力关乎不断拓展人生卓越的极限。

你们的学识和经验能否超越我们今天的百倍吗？

我们这一代能否治愈疾病，让你们活得更长寿也更健康呢？

我们能否将整个世界连接，让你们可以接触到每一个想法、每一个人和每一个机会呢？

我们能否使用更多的清洁能源，让你们在保护环境的同时发明今天无法想象的东西呢？

我们是否可以培养出企业家精神，让你们能够创建各种企业、迎接各种挑战，以促进和平和繁荣呢？

促进平等就是不论他们出生在何种国家、何种家庭和何种境遇，保证每一个人都有可能接触到机会。我们的社会必须实现平等，这不仅仅是为了正义或是慈善，更是为了伟大的人类进步。

今天，我们的潜能远远不及我们本应拥有的。发掘我们所有潜能的唯一途径就是沟通这个世界上所有人类的智慧、想法和贡献。

我们这一代能否消除贫困和饥饿？

我们这一代能否为每一个人提供基本的医疗保障？

我们这一代能否建造包容、友善的共同体？

我们这一代能否培养各个国家的人们之间和平和相互理解的关系？

我们这一代能否真正给予每一个人力量——女人、儿童、未被充分代表的少数族群、移民和那些边缘人？

如果我们这一代能够做出正确的投资，以上每一个问题都会迎刃而解——而且很有可能是在你我的有生之年。

这个使命——发掘人类潜力和促进人类平等需要一个新的方法来使所有人都向这个目标努力前进。

我们必须做出超过25、50甚至100年的长远投资。巨大的挑战往往需要很长的时间，很难用短期投资思维解决。

我们必须和那些我们为之服务的人们直接接触，我们只有在了解他们的需求和欲望的时候，才能够真正给予他们力量。

我们必须发展能够做出改变的科技。许多机构在这些挑战上投资了钱，但是很多进步源自于创新带来的巨大产能。

我们必须参与到那些关于政策和主张的辩论当中。很多机构不愿意这样做，但是进步只有在不断的辩论中才能变得稳定可靠。

我们必须支持每一个领域当中独立且强有力的领导者。与各个领域的专家合作相比，自己的努力更为有效。

我们必须承担今天的风险，为更美好的明天吸取经验和教训。我们笨鸟先飞，虽则遇挫，也要继续前行。

我们个性化学习、使用互联网和社区教学和健康的经历，塑造了属于我们的哲学。

我们这一代成长于不能因材施教的课堂教育，学校以同样的速度教同样的内容，忽视了我们的兴趣和需要。

你们这一代可以为自己想要成为的人设定目标，像是工程师、医疗工作者、作家或是社区领袖等。你们可以用技术来获得怎么学习才是最好的，以及哪些方面是要重点学习的。你们可以在你们最感兴趣的领域进步得很快，也可以在你们觉得最困难的领域获得尽可能多的帮助。你会探索到今天的学校没有教的课题。你们的老师也会提供更好的工具和数据来帮助你实现你的目标。

更棒的是，即使没有住在一个好学校的旁边，全世界的学生仍然可以在互联网上运用个性化的工具。当然，除了技术之外，我们也可以通过其他手段给每一个人公平的起跑线，但是个性化学习确实给了孩子一个可行的方法来实现更好的教育和更公平的机会。

我们正在开始开发这样的技术，结果也充满希望。学生不仅在考试中获得了更好的成绩，他们还有了足够的技巧和信心来学习任何他们想要学习的知识。这趟旅程才刚刚开始。技术和教学在你在校的每一年都会有所进步。

我和你的母亲都教过学生，我们都见证了技术所带来的变化。我们会与教育界的领袖人物合作，这项技术会使全球所有的学校都采用个性化教育的方式。这项技术会参与到社区教育当中，这也正是我们开始了旧金山港湾区的社区项目的原因。这项技术会开发新的技术并尝试新的想法。同时它也会犯错，从中吸取教训，并达到最终的目标。

但是一旦我们意识到我们可以为你们这一代创造这样的世界，我们社会就有责任把我们的投资聚焦于未来，使之成为现实。

我们会一起完成这项技术。当我们做这项技术的时候，个性化学习不仅会帮助那些在好学校当中的学生，也会帮助为任何一个能上互联网的人提供更平等的机会。

你们这一代的很多机会都会来自于互联网。人们常常认为互联网只是为了娱乐和交流，但是对于世界上的大多数人们来说，互联网是一条救生索。

当你周边没有好学校的时候，互联网为你提供了教育；当你周边没有医生的时候，互联网为你提供了如何预防疾病、抚养健康孩子的讯息；当你周边没有银行的时候，互联网为你提供了金融服务；当你的经济状况不佳的时候，互联网为你提供了工作和机会。

互联网实在是太重要了，每10个能上互联网的人当中，就有一个人脱贫，就有一个新的工作产生。

但是世界上仍然有超过多半数的人，也就是40多亿的人不能上网。

如果我们这一代使得他们能够上网，我们就可以帮助数以百万计的人们脱离贫困。我们也可以帮助数以百万计的孩子获得教育，帮助数以百万计的人们远离疾病。

技术和合作可以带来另一个长远的成就，它能够帮助新技术的发明，从而使得互联网的成本更低，并连接到偏远地区。它能够与政府、NGO和公司合作。它能够参与到社区当中，了解他们的需要。在我们成功之前，不同的人对于未来更好的发展有不同的见解，我们会为此做出更多的努力。

我们可以一起走向成功并创造一个更加公平的世

界。技术不能自己解决问题。创造更好的世界需要从创造强有力和健康的社区开始。

当孩子们学习的时候，意味着他们有着最好的机会。当他们健康的时候，他们学得最好。健康是一件着手很早的事情，有爱的家庭、良好的营养和安全、稳定的环境，这些对于孩子的健康来说都很重要。早年受到过创伤的孩子通常无法得到心智和身体的良好发育。研究表明，大脑发育的改变会导致他们的认知能力下降。

你的母亲是一个医生和教育家，所以她及早意识到了这一点。如果你的童年不是很健康，那么你很难发挥出你所有的潜能。

如果你必须要担心食物和房子，或是担心虐待和犯罪，那么你很难发挥出你所有的潜能。如果因为自己的肤色，你担心自己相比考上大学更容易锒铛入狱；或者因为你的不合法的法律地位，你担心你的家庭会被驱逐出境；又或者因为你的宗教、性取向或者性别身份，你担心你会面临暴力，那么你很难发挥出你所有的潜能。

我们需要让整个社会体系认识到这些问题之间是相互联系的，这就是你母亲所构建的新学派的观点。

通过与学校、健康中心、父母联合会和当地政府的联系，通过保证所有孩子从小就被好好喂养和照顾，我们开始把这些不平等的现象联系起来。只有这样，我们才能一起开始给每一个人平等的机会。

实现这个目标还会花上很多年，但是这是另一个例子可以证明人类的潜力提升与促进公平之间是怎样紧密联系在一起的。我们想要实现任意一个目标，我们都要先创造强有力和健康的社区。

为了让你们这一代居住在一个更好的世界，我们这一代有太多需要做的事情。

今天我和你的母亲竭尽毕生，以自己的绵薄之力来帮助解决这些问题。我会在接下来的很多年里仍然担任Facebook的首席执行管，但是这些问题太过重要，时不我待。在现在这样一个年轻的年纪开始，我们希望在余生中可以见到所产生的好处。

鉴于你开启了扎克伯格-陈（Chan Zuckerberg）家族的下一代，我们也要开始扎克伯格-陈倡议（Chan Zuckerberg Initiative）：为了下一代的孩子，号召全世界的人们一起发掘人类潜力和促进人类平等。我们倡议的领域会着重在个性化教育、疾病治疗、连接人们生活和创建强有力的社区方面发力。

我们会在接下来的人生中捐出Facbook 99%的股份（现市值450亿美元，约2879亿人民币）来完成我们的使命。我们知道相对于其他已经投入到这些问题上的所有资源和才智来说，我们所尽的只是绵薄之力。但我们希望以我们所能，与他们共同努力。

　　在接下来的数月中，当我们适应了新家庭的生活节奏，并从产假中恢复过来后，我们会分享更多的细节。我们非常理解你们对于我们为什么以及如何做有很多的提问。

　　因为我们已为人父母，开启了人生的新篇章，我们想要对使得人类进步和人类平等成为可能的所有人致以崇高的敬意。

　　我们之所以能做这样的工作只是因为在我们身后有一个强大的全球社区。创建Facebook为下一代创造了能使世界更美好的资源。Facebook社区中的每一个人都在这个工作中尽了一份力。

　　站在为之奉献的专家——我们的导师、伙伴和很多难以置信的人们的肩膀上，我们才得以实现这样的进步。

　　同时，因为身边有爱的家庭、支持的朋友和很棒的同事，我们才维护好了这样一个社区并完成这样一个使命。我们希望你们也能在各自的生活中有这样深厚而美好的感情。

麦柯斯，我们爱你。我们体会到了巨大的责任感，要使你和所有的孩子所居住的世界变成一个更好的地方。你给予了我们爱、希望和喜悦，我们希望你的生活也能充满相同的爱、希望和喜悦。我们迫不及待地想要看到你给这个世界所带来的美好。

爱你的爸爸妈妈

扎克伯格是美国社交网站Facebook的创始人兼首席执行官。因广泛而强大的社会影响力被人们称之为"第二盖茨"。"父母之爱子女，则为其计深远"，扎克伯格就是这样的父亲，他在信中向女儿介绍了这个时代的科技、观念，甚至预测了时代和人类的走向，期望女儿可以享受到时代进步所带来的优越条件，并鼓励女儿去参与和推动人类的发展，希望孩子能给这个世界带来美好。融对孩子的深爱与理性和科学的引导为一体，正是此信的鲜明特点。

感谢你们的到来

〔美〕玛丽·玛特琳

亲爱的女儿们：

　　汉弗莱尔夫妇带着他们九个月大的儿子来我们这里度假了。小乔治咯咯地笑个不停。你们俩舍不得离开他半步。你们盘腿坐在地板上逗他玩，要是他待在婴儿车里面的话，你们就围在他的小脚丫旁边。通常，你们只有在看希拉里·达芙的电影时，才会这么耐心，这么专注。小乔治发出一串串长长的、尖尖的笑声，你们便拨弄他柔软的铜色头发来回应他。

看到"小萝卜头"（爱玛给他取的绰号）让你们俩这么开心，我既惊讶又高兴。我发现你们会本能地去爱抚他；会轻声细语地哄他，教他说abc，虽然你们未经过训练，但那语调和节奏堪称完美啊；当发现小家伙要哭时，你们还会放下手头一切事情去抚弄他。

这些都是从哪里来的呢？是你们天生的母性吗？但我知道，这肯定不是我遗传给你们的。我以前不喜欢孩子，也没想过生孩子。我照料小孩子的经历只有一次，这是不得已而为之的。当时，我的父母打算和乔叔叔、玛丽阿姨出去，而他们家有四个毛头小孩，互相之间的年龄差不到两岁。玛丽阿姨实在太了解我了，在我到她家之前就把他们几个哄睡着了。我儿时最好的伙伴之一是一个九岁的孩子，但我从没照顾过小家伙们。我没有玩具娃娃，也不想要，但我的玩偶帕蒂是个例外，她是个巨人娃娃，有三尺高，所以根本算不上是玩具，倒像是个真人朋友。

我十几岁的时候，同龄人中流行的文化是：唯我独尊、女人我最大、通通听我的！这使我早早就确信自己没法与小孩子相处。上大学之后，各种事情接踵而来：校内竞选、择业、无休无止的各种活动。我的朋友圈中都没有人打算生儿育女。在我最后一次也是最专注的一次竞选中，我在桌子后面贴了一张醒目的标语，上面写着："嘿，我忘了生孩子！"看上去我很在乎这件事，其实呢，不是这么一回事。唯一一次撼动我的，是1990年老布什的夫人芭芭拉对韦尔斯利学院毕业生的讲话，这些话深深地烙印在我的心里。那时候，我已经37岁了，担任布什和奎尔的大选主管，那也是我职业政治生涯的巅峰时期。真的，我不但专业，而且对政治本身，具体地讲是对老布什总统的大选充满激情。我全身心地投入其中。

不过，老布什夫人搅动了我狂热、以自我为中心、目的性太强的精神世界。她对年轻的女孩子们说："在你们生命的最后，你们不会因为考试失败、官司败诉或者交易搁浅而感到遗憾，令你们真正感到遗憾的，是你们没有好好陪伴自己的丈夫、朋友、孩子和父母。"我想，在生活的迷雾中，我的顿悟就是在那一刻到来的吧。但现实生活、现实时间中，很少有哪些时刻是精准的，觉醒更像是个温柔的小漩涡，而不是震撼的电闪雷鸣。

老布什夫人是我所认识的最成功、最满足、最完全的女人，或许正因为如此，她的话才震撼了我。在她所做、所见、所赢的一切中，她始终都把她的家庭放在第一位。这令我很是惶恐不安，因为我没有一根神经想过要成家，也没有想过还有其他什么事情比当时我正在做的事情更值得做。老布什夫人的话让我愣了一下，意识到，对于某些人来说，安定下来是有某些好处的，但这些人里面不包括我。我并没有改变我的生活方式。直到1992年，老布什总统在竞选连任中失利，我原本预计的职业生涯被颠覆，直到我步入40岁；直到我结了婚，都没有改变自己。

至少，我并未意识做出改变，但老布什夫人无意间播下的"种子"一定是在我脑海里扎下了根。婚后5个月，我很偶然地怀孕了。女儿们，相信我，没有哪个极度忙碌的41岁女人的怀孕是无意的。某种神秘的力量在起着作用。

我的第一反应仍旧是恐惧、震惊、怀疑。这种感觉大概持续了20分钟。然后，我的眉心就像被重击了一锤似的，陷入了极度喜悦之中。爸爸和我都沉浸在快乐当中，喜出望外，相信这是奇迹降临。后来，我流产了。爸爸一个人绝望地驾车到医院来接我。我们遁缩在山上的房子里，待在顶楼，一步也不愿意离开。我们喝了好多红酒，纵情落泪，悲伤难以下咽。

不要觉得流产是微不足道、过后即忘的事情。我特别震惊于那些以一种不以为然、义务性的态度对我表示同情的人的冷漠，好像我只是摘掉了一个肾结石，好像我身体里面那颗小小的心脏不曾跳动过。只有那些也经历过流产的父母才能理解我们有多心痛。

等到你们怀孕的时候，你们便能明白：第一，你会立即感觉到自己身体里面那个生命的存在；第二，你对这棵"小嫩芽"的爱是本能的，你想保护它、拥有它。当你一心盼着婴儿降生的时候，它却突然间莫名地溜掉了，你怎么可能欺骗自己什么都没有发生过呢？所以，从宝贵的第一秒钟开始，怀孕和迎接新生命的感觉就是十分强烈的。哪怕是顺利分娩的快乐也不能抵消先前流产的痛。

我现在给你们讲这件事情，是希望你们能够真心同情那些流产的妈妈。我也祈祷你们自己不会经受这份折磨。

我只得在后来再找到自己对孩子的爱，先体会到的却是伤悲。但亲爱的女儿们，你们是有福的，你们俩这么小就本能地喜欢小孩子了！你们这种天性让我不禁想起了自己的母亲。她特别喜欢婴儿，喜欢任何一个婴儿。她能够入迷地和孩子们唱儿歌《织织织织——小蜘蛛》，玩捉迷藏，一玩就是几个小时，她还喜欢向他们做鬼脸，为他们唱歌，荡着他们的摇篮——快乐地沉醉在神奇的母性世界里。在人们对食物安全日益担心和素食主义兴起之前的年代里，母亲常常把我、你们的瑞妮阿姨和斯蒂文舅舅放在地毯中央，然后给我们每人一块生培根，她就看着我们兴高采烈地把培根啃得吱吱作响，把黏糊糊的油涂得身上到处都是。（我们到现在还经常开玩笑提起这一情景呢！）

当你们俩来到我的世界的时候，那种浓烈的、超强的母爱才从我身上迸发了出来。所以，看到你们小小年纪就自然而充分地流露出这种爱，对我来说，是莫大的快乐，因为这说明你们已经知晓了孩子是一种恩赐。

也许这是你们对婴儿异乎寻常的爱，也许这仅是一个转瞬即逝的阶段（我希望不是这样），但现在你们没事的时候最喜欢谈论小孩子了。我回答你们所有的问题，不管这些问题对你们的年龄来说有多么超前。你们已经知道了很多事实，但与母爱相随的那种感觉是无法准确描述的，只有自己做了母亲，你们才能领会。当然，最难描述的还是孕育孩子的过程——

你在身体里面孕育了一个生命，还要哄着它出来。

以后，等你们真的做了妈妈，和所有的女人一样，你们会经历分娩。每个人的分娩过程都是不同的，你们也会经历你们自己独特的分娩，这会把你们带入母亲的世界，在这个世界里，母亲瞬间就能相互理解，所以都喜欢一遍又一遍地讲述或者倾听关于分娩的故事。乔治的妈妈和我在院子里呷着红酒，仿佛那是托斯卡纳落日的霞光，我们滔滔不绝、声情并茂地聊着我们的产房经历，以至于你们的爸爸听着听着，就只好难为情地走开了。他让我想起了从前那个时代，那时男人们不参与这类话题：女人分娩时，男人不能在场。在老电影中，你们会看到爸爸们充满期待地在等候室里踱来踱去，犹如笼中困兽一样。他们大口地吸着雪茄，掩饰着自己对新生命生出的"胆怯的"焦虑。现在，产房里面的爸爸们都可以拿着摄像机"拍电影"了！你们的爸爸好像一步跨进了这个新世纪，他在产房里陪我生下了你们俩，他一步也没有离开分娩台的床头。他说他不想避开那"最后一刻"。

他的亢奋和对我以及他的宝宝的担心，使得他在我第一次宫缩的时候就快疯了。在生玛蒂的最难熬的时刻，我一阵阵地努力着，你们的爸爸难受到了极点，以至于我问医生能不能给他打针麻醉剂！我的麻醉剂用量很大，所以并不觉得很疼。我特别崇敬那些能够"自然"分娩的母亲，但是我不认为疼痛也是"自然"的，所以我告诉我的医生："给我打麻药！"

我不给你们一一详述了。我在产房里努力了三次，才把玛蒂生下来，爱玛是一次半。产后，我立刻感到轻松、丰盈，还有万种描述不出的情感。

爸爸高兴坏了，顾不上他说的"最后一刻"了，大叫道："这是个婴儿！这是个婴儿！"尽管我被麻醉药和喜悦弄得神志不清，但迷迷糊糊地知道医生和护士对爸爸突然爆发的好奇心的反应，仿佛在问他："你指望生个什么？生个小狗吗？"爸爸仍旧大声地叫喊着，像条小狗一样，直到他从医生手中接过你们。他立即变得异常平静，你们从未见过那种平静，只有在那个特殊时刻才表现出的平静。看着你们小小的崭新的生命，他又欢喜又敬畏。

我生你们的时候，你们的瑞妮姨妈、玛丽娅阿姨、吉尔阿姨、格蕾丝阿姨都带着红酒和香槟前来祝贺。当爱玛出生的时候，两岁的玛蒂爬到我们床上，脸上写满了对妹妹的敬畏和喜爱。格蕾丝阿姨把玛蒂的表情拍了下来，她是咱们家的"御用"摄影师啊，什么重大场合都少不了她。让我最感动和难忘的，是我的这些女性朋友都没有生过孩子，但是，她们哄着你俩，就像你们是她们带到这世界上的一样。我们互相之间完全被这份神奇打动了。

还记得，当时只有瑞妮姨妈知道怎么育儿，从怎样喂奶，到怎样不大惊小怪地对待你们的第一次大便，我当时还以为那是滚烫的焦油呢。

我无数次地回味并陶醉于生下你们的前前后后，其间的每一分钟都那么珍贵。那些时刻已经深深内化为我的一部分，即使我能将它们描述出来，但我真的不知道自己能否给大家说明白。不过，在我的记忆中，同样伟大的时刻还包括：你们初次见到爸爸、阿姨们，还有姐妹们的瞬间。宝贝们，你们参与创建了这个家庭，唯此能和你们的降生媲美。

你们是妈妈最大的幸福，永远。

玛丽·玛特琳（1955—　　），美国前总统小布什的助理，前副总统切尼的顾问，并担任老布什总统的竞选主管和特别助理，曾主持CNN的《交火》节目，同时也是《平等时代》的第一任主持人。她与丈夫合著过畅销书《皆大公平：爱、战争与总统大选》。这封信表达的母爱是真率坦荡、直抒胸臆的，亦是无私、伟大、真挚、深切的。文字风格融风趣、睿智、机巧为一体。

学习哲学，学会思考

〔美〕吉姆·罗杰斯

哲学教会你们如何思考自己的问题

乐乐，你生于2003年5月；小蜜蜂，你是2008年3月出生的。虽然现在谈这个问题可能有些早，但我希望，你们总有一天会学习哲学。如果你们要认识自己，理解对你们最重要的是什么，你们就必须深层次地学习哲学。而如果在生活中要想实现和完成任何事情，你们就必须认识和理解你们自己。学习哲学确实帮助我做到了这一点。

我所说的，不是让许多人望而却步的、艰涩的以复杂逻辑为代表的哲学；我特指的是自己思考的艺术。今天，许多人都被常规思考方式所束缚，他们的智力活动过程完全被诸如国家、文化和宗教等概念所限定。跳出现有思维框架，独立地观察、研究事物，才是真正的哲学。学习哲学能培养一个人研究每个概念和每个"事实"的能力。

在牛津大学学习哲学，对我来说是一场艰苦奋争，因为他们总是问我抽象问题，诸如最基本的事物，太阳为什么总是从东方升起，或者一片孤立的森林中的某棵树倒下时，是否会发出声响。坦率地讲，在那个时候，我对哲学的许多作用和目的都不明白，但后来我开始明白也意识到观察、研究事物的必要性，无论这些事物是如何被接受或者证明的。寻找其他解释，跳出旧框架思考对你们大有裨益。

当前的哲学著作是否有助于我们思考

善于运用哲学思维与阅读哲学书籍根本不是一回事。诚然，阅读确实有助于开发我们的思维能力。

然而，要想真正地提升和拓展思维能力则需要极大的努力。

这里有一个练习：回忆一些曾经发生的事情，传统智慧和惯性思维结果被证明是错误的。花时间努力去发现到底发生了什么，这个练习能够帮助增长知识，增加自信。这样，下次需要决策的时候，你就能够有建设性地对大多数的假设进行分析。

两个思考方法

两个非常有用的研究分析方法，适用于所有行业，当然包括金融投资领域。一个是依据自己的观察与分析做出结论，另一个是严格依据基本逻辑行事。

依据观察与分析做出结论非常简单。举例来说，当你观察分析证券市场历史的时候，会注意到，牛市是在股票市场与商品市场之间相互交替的。从历史上看，这个交替周期大约15年到23年就会发生一次。商品市场从1999年进入牛市，所以我期待着这一趋势持续下去。根据历史，商品市场的牛市可能要持续到2014年至2022年之间，尽管这期间可能会发生一些幅度较大的逆转。比如，1987年，全球股票市场暴跌40%至80%，令所有人万分恐惧，然而，此时距这一波的牛市结束还远着呢。20世纪70年代，黄金价格曾一度暴涨600%，市场才有所反应。之后，黄金市场统一合并，两年时间内直降50%，致使许多人放弃。然后，它又再次回转，上涨850%。这就是市场规律：它使我们绝大多数人，在绝大多数时间看上去非常愚蠢。

现在，我向你们解释，单纯依据逻辑进行推断到底是什么意思。我虽然不能证明它，但我研究后，想出了我自己关于股票市场和商品市场相互作用的理论。让我们研究一下号称拥有世界最大燕麦市场份额的家乐氏的案例。燕麦是由诸如大米、小麦和食糖等商品加工制作而成。当商品市场处于低迷时期，这些食品的成本也随之下降。假如销售水平保持不变，该公司的净利润就上升。然而，当商品价格上升，家乐氏公司不可能立即通过燕麦的价格反映出其成本提高。这样一来，就直接影响公司的净利润，其结果就是公司的股票价格受挫。当商品市场增长缓慢时，公司由于成本降低而受益，而当商品价格上升时，公司利润下降，股票价格也就一同下降。正如你所看到的，分析琢磨出商品市场与股票市场的反比相互关系是一项很好的益智练习。

两个思考方法，前者被称之为归纳法（根据某一特定结论，得出一般观察结论），后者被称之为推理法（根据一般证据结论，得出特定事实）。二者并非其中一个比另一个更行之有效，重要的是，你必须训练和培养自己灵活运用这两种方法，这样你就能够以不偏不倚的态度和方法去思考问题。

[李怡　译]

吉姆·罗杰斯（1942—　　）是美国当代华尔街的风云人物，被誉为金融界和证券界最富远见的国际投资家，代表作有《罗杰斯环球投资旅行》等。罗杰斯身为投资家，他对女儿的建议也多从投资方面出发，由此延伸到学习和哲学等人生哲理，此信便充分体现了这一特点。他将自己投资和经营的成功经验一一传授给女儿，希望女儿能像自己一样成功，展示出一份质朴而务实的父爱。

爱情是什么

〔苏〕苏霍姆林斯基

亲爱的女儿:

你的问题使我激动不安。

现在你十四岁，正在跨越成为一个成年女子的门槛。你问道:"爸爸，爱情是什么?"

当我意识到，我现在已经不是在同一个小女孩谈话时，我的心在激烈地跳动。在你跨越这个门槛时，我祝你幸福。但是，只有当你成为一个有头脑的贤惠姑娘时，你才能得到幸福。

千百万女性，特别是年纪尚幼的十四岁的女性，心儿突突地跳着想：爱情是什么？每个人都有自己的理解。每个男青年，当他成长为一个成年男子的时候，也在考虑这个问题。现在，我亲爱的女儿，我给你的信的写法，和从前不一样了。我内心深处的一个愿望是，传授给你一种生活智慧，它就叫作生活的技能。希望从我的每句肺腑之言中，就像从一粒小小的种子中一样，萌发出你自己的观点和信念的幼芽。

　　"爱情是什么"这个问题，也曾使我心中很不平静。在童年时代和青年的早期，我最亲近的人是祖母玛利娅，她是一位令人赞叹的人，我心灵上一切美好的、聪明的、诚实的东西都是她给予我的。她在战争前夕去世了。她为我打开了神话、祖国语言和人类之美的广阔世界。有一次，在一个早秋的寂静的傍晚，坐在苹果树的浓荫下，看着向温暖的国度飞去的仙鹤，我突然问道："奶奶，爱情是什么？"

　　最复杂的问题她也会用神话来解释。她的一双蓝色的眼睛流露出沉思和不安的神色。她用一种极特殊的从未有的方式看了我一眼。接着，她就讲开了：

　　爱情是什么？……当上帝创造世界时，他在地

你问道："爸爸，爱情是什么？"
　　当我意识到，我现在已经不是在同一个小女孩谈话时，我的心在激烈地跳动。

球上安排了各种生灵并教给它们用自生同类的办法延续自己的种族。他给男人和女人划出了田地，并教给他们如何建造窝棚，给了男人一把铁锹，给了女人一小撮种子。他对他们说："在这里生活和传宗接代吧，我干自己的事去啦。一年以后我再来，看看你们过得怎么样。"

刚好过了一年，上帝和天使长加福雷依尔来了。是在一个大清早，太阳刚刚升起来的时候来的，上帝看到：男人和女人坐在窝棚旁边，他们面前庄稼地里的粮食正在成熟，他们身旁有一个摇篮，摇篮里的小孩子正在睡觉。这男人和女人有时仰望天空，有时互相对视。在他们相互对视的瞬间，上帝在他们眼睛里发现了一种莫名其妙的美和一股特别神秘的力量，这种美赛过蓝天、红日，超过宽广的大地和金黄色的麦田，比上帝亲手制作的一切东西都更美好。这种美使上帝震动、惊奇、发呆。

"这是什么呀？"上帝向天使长加福雷依尔问道。

"这是爱情。"

"爱情是指什么呀？"

天使长耸了耸肩说他也不知道。上帝走到男人和女人跟前问他们什么是爱情。可是他们不能向他解释清楚。于是，上帝生气了。

"啊哈，是这样！现在你们就接受我的惩罚：从此时此刻起，你们将会变老。你们每活一小时，就会消耗掉你们的一份青春和活力！五十年以后我会再来，看看你们眼睛里还有什么，你们这些人啊……"

"上帝生哪一门子的气呢？"我向祖母问道。

因为人不经请示就创造出了一种连上帝也不了解的东西。你听我往下说：五十年以后，上帝和天使长又来了。上帝看到：在窝棚旁边建起了一座用圆木造的木屋，在空地上培植的鲜花开满了花园，田地里的庄稼正在成熟，儿子们在耕地，女儿们在收割小麦，而孙子们在草地上玩耍。在木屋门前坐着一个老头和一个老太婆，他们有时遥望鲜红的朝霞，有时相互对视。上帝在他们的眼睛里看到的那种美比从前更巨大，那种力量比从前更强烈，并且还包含着一种新的东西。

"这是什么？"上帝向天使长问道。

"忠诚。"天使长答道。依然没人能够做出解释。

上帝更生气了。

"人啊，光让你们衰老还不够吗？你们活不了多久啦。那时我再来瞧瞧，看你们的爱情会变成什么东西。"

三年以后上帝和天使长又来了。上帝看到：一个男人在一个小土丘旁坐着。他的眼睛里充满了悲伤，可是里面依然存在着那种莫名其妙的美和那股特别神秘的力量，而且在里面已经不只有爱情和忠诚，又增添了一点什么东西。

"这又是什么？"上帝问天使长。

"心灵的怀念。"

上帝捋了一下自己的胡须就离开了坐在小土丘旁的那位老人。他扭过脸向长满小麦的田地和鲜红的朝霞望去，于是他看见：在金黄色的麦田旁边站着许多年轻的男人和女人，他们有时仰望天边的红霞，有时相互对视……上帝站在那儿望了他们很久。然后，他陷入了沉思。从那个时候起，人成了地球上的主人。

你瞧，我的乖孙孙，这就是爱情。爱情——它比上帝还崇高。爱情就是人类千古不朽的美和永恒的力量。人类一代一代地相互交替。我们每个人都要变成一堆灰，而爱情却以充满活力的永不衰退的联系保留下去！

我的亲爱的女儿，这就是爱情。千万种生灵生活着，繁衍着，延续着自己的种族，可是，只有人才能够爱。如果一个人不会爱，他就不能到达人类之美的这个顶峰，那就是说，他只不过是一个生物，虽是一个人，但却不会爱。

[刘文华、杨进发　译]

　　苏霍姆林斯基（1918—1970）是苏联著名教育实践家和教育理论家，长期担任家乡所在地的中学校长，教育功勋卓著，曾获列宁勋章和一级红星勋章。代表作主要是教育专著《我把心给了孩子们》《公民的诞生》等。这封信以一种冷静客观又不失温柔的方式，借用祖母讲给自己的一个爱情神话，生动诠释了爱情的永恒魅力，告诫女儿要相信爱情并珍惜爱情。

马克·吐温写给女儿的信

〔美〕马克·吐温

圣诞节早上，自月亮上的圣尼古拉宫殿

我亲爱的苏珊·克莱门斯：

　　我已经收到了你和你的小妹妹让妈妈和保姆代笔的来信。我也读了你们两小家伙自己写的内容——虽然你们写的不是成年人使用的字母文字，但是，你们使用的大字是地球上所有孩子们通用的文字，也是闪闪发光的星球上所有的孩子通用的文字。比如，住在月亮上面的都是孩子们，他们说话和写信使用的大字也和你们一样，这下子你明白了吧，所以我不费一点儿力气，就能看懂你和你的小妹妹写的那些神奇的、参差不齐的符号。可是，我在阅读由你口授、由你的妈妈和保姆代笔的那些信时，可就遇到了一些麻烦，因为我是个外国人，看不懂写得工工整整的英语。你和小妹妹在信中要求我做一些事情，你会发现，我对这些要求毫不含糊，绝不会有丝毫差错——半夜里，等你们熟睡之后，我会顺着烟囱爬进去，亲自把圣诞礼物给你们送去——我还要亲吻你们姐妹俩，因为你们都是好孩子，有教养，懂礼貌，你们是我见过的最听话乖巧的小姑娘。但是，由你的妈妈和保姆代笔的信中，有几个单词的意思我不能确信。我不能全部满足你们的要求，因为其中的一两样东西已经送完了。我刚刚把我们的最后一套布娃娃厨房家居用品送给了北斗星上一个贫苦的孩子，她住在大熊星座的一个遥远而寒冷的国度。你妈妈会把北斗星指给你看，你要对她说："小雪花（这是那孩子的名字），你得到了圣诞老人的厨房用品，我非常高兴，因为我知道，你比我更需要它。"我的意思是，你要亲自把这些话写下来，小雪花会做出回答。如果你只是对她说话，她听不见。你写的信要又轻又薄，因为如果距离很远，我要送的信太重，会扛不动的。

　　你妈妈信中有一两句话，我不十分确定。我想可能是"口袋里要装满布娃娃的衣服"，对吗？今天早上9点钟，我会叩响你家厨房的门问一问。但是，除了你，谁也不能看见我，而且，我不能跟任何人说话。厨房的钟声敲响之后，你们必须把乔治的眼睛蒙起来，派他去开门。然后他必须回到餐室或者藏到瓷器柜旁边，把厨师也带走。你必须告诉乔治，他一定要蹑手蹑脚地走路，还不能说话，否则有一天他会死去。然后，你要走进婴儿室，站在椅子或者保姆的床上，对着通往厨房的传呼筒说："欢迎你，圣诞老人。"这时候，我就会问你要的是不是布娃娃的衣服。如果你回答说是，我会问你想要什么颜色。妈妈会帮助你选择一种漂亮的颜色，之后，你必须详细告诉我，你希望口袋里装的每件衣服是什么款式。我听完你的话，就对你说："再见，祝可爱的小姑娘苏珊·克莱门斯圣诞快乐！"你也要说："再见，亲爱的圣诞老人，谢谢你，请你告诉小雪花，我今天晚上就会凝望她居住的那颗星星，请她低下头来看着我。"——我就回到我的住地。每个晴朗的夜晚，我都会望着小雪花居住的那颗星星，说："我知道地上也有一个小姑娘，她也喜欢小雪花。"然后，你要走到书房，让乔治关上通往大厅的每一扇门，大家要一动不动地站在那里。我要回到月亮上取几样东西，过几分钟，我会顺着烟囱爬到大厅的火炉——为了满足你的要求，我必须顺着大厅的烟囱爬进去——你知道，如果我顺着保姆房间的烟囱爬进去，就不能把你想要的那只口袋送给你。

如果你们想说话，也可以说话，但是，一听到大厅里传来我的脚步声，就必须安静下来。

你要请他们保持安静，直到我爬回烟囱。也许你根本听不到我的脚步声——那么，你可以随便走几步，从餐室的门向外张望，到时候，你会看到自己想要的东西整整齐齐地摆放在客厅的钢琴下面——是我把它放在那里的。如果我把雪花带到了大厅，你要让乔治把它扫到火炉里，因为我没时间亲自把地板打扫干净。乔治不能用扫帚，要用抹布——否则，他将来会死去的。你必须看着乔治扫雪，不要让他发生这样的危险。如果我的靴子在大理石上留下了污渍，不要让乔治把它当宝贝藏起来。把它留在原处，作为我曾经拜访过你们的纪念。你一看到它或者把它指给别人看，你就会立刻想到自己是个善良的好姑娘。如果你淘气不听话，别人指着那块亲爱的圣诞老人留在大理石上的纪念让你看，你会说什么呢，我的小宝贝？

暂别了，过一会儿，我会再次来到这个世界上，拉响厨房的门铃。

爱你的圣诞老人

有时候人们把我叫作"月亮上的人"

［梁卿　译］

马克·吐温（1835—1910）是美国批判现实主义文学的奠基人，著有《百万英镑》《哈克贝利·费恩历险记》《汤姆·索亚历险记》等。马克·吐温对三个女儿无限慈爱，一家人每年都会欢度"家庭代表作圣诞节"，由马克·吐温扮演圣诞老人向孩子们赠送礼物。此信即是以圣诞老人的口吻写成的，洋溢着天真的童趣，传递出深浓的爱意。

《红字》作者写给女儿的信

〔美〕纳撒尼尔·霍桑

我亲爱的小佩希玛：

　　妈妈要带你去看"汤姆·斯罗普"（指一出儿童剧），讲述一对夫妇生了一个只有拇指大小的孩子，我很高兴。我认为，你管他叫"斯罗普"而不是"斯罗姆"，"斯罗普"这个名字比"斯罗姆"好多了。我打算从此后就都管他叫"斯罗普"。这个名字好，汤姆·斯罗普。

　　我希望你去看演出的时候，当着他的面叫他"汤姆·斯罗普"。要是他挑剔你的发音，你就把他狠狠揍一顿。现在你还像我离开的时候那样，经常打妈妈、范妮、乌娜和朱利安吗？如果是，我就叫你"罗丝·斯罗普"好了，那样，人人都会以为你是汤姆·斯罗普的妻子。好了，这个问题我不想谈了。

我在布洛杰特太太家还见到了你的小朋友弗兰克·哈利特。你还记得他吗？在索斯波特的时候你们一起玩耍，他常常揍你。他现在似乎比那时候懂事多了，不过还是不够乖。今天早上，他盘子里的早饭很香，他却不愿意吃，因为他跟他的妈妈要一样东西，这个东西对他没有好处，妈妈不给他。结果呢，吃早饭的时候，这个小傻瓜一口饭都不肯吃。可我看得出来，他饿坏了，要是没有人看着他，他会一把抓起盘子里的东西，把它们吃个精光。你说他傻不傻呢？我们可爱的佩希玛可不会像他那样——嗯，当然不会！

布洛杰特太太家还有两三个非常可爱的小姑娘。她家养了一只可爱的大狗，这只狗又温顺又听话，从不咬人。还养了一只斑点猫，它经常爬到我身上喵喵直叫，想让我给它一点儿吃的。你看，我们这里也有一个和睦的大家庭。

今天早上，我派人去看望怀尔丁先生。我派去的人刚回来，他告诉我说怀尔丁先生的身体好多了。怀尔丁先生卧病在床已经很长时间了，昨天他坐起来一小会儿，今天完全坐起来了。他送给我一大包我想要的文件。下个星期我要去看他，我希望到时候他能告诉我一些我想知道的事情。

请你代我询问妈妈，她能不能用我那件旧的长披风给朱利安改做一件上衣？那件衣服的布料质地很好，又很结实，还没有完全穿破，我觉得把它丢在那里太可惜了。我们给你哥哥买衣服要花不少钱，我希望妈妈能在我们离开利明顿之前把衣服给哥哥做好。

我给你写了这么长的一封信，我累了，我不写了，我要看几页图画书消遣一下。你要懂事，要听话，不要给妈妈捣乱，也不要老缠着范妮，不要和乌娜和朱利安吵架。我回家的时候会叫你佩希玛（我知道，你一定会乖乖的，配得上这个名字），还要好好亲你几口。

爱你的爸爸

[梁卿 译]

纳撒尼尔·霍桑（1804—1864）是美国19世纪影响最大的浪漫主义小说家和心理小说家，他的作品多取材于北美殖民地新英格兰地区的历史，给后世以巨大的影响。代表作《红字》享誉世界文坛。这封信以生动的例证为女儿诠释了父子、邻里、朋友之间应该平等、互爱的道理，字里行间充满了至爱亲情。

你一定要知道的那些事

〔英〕菲利浦·切斯特菲尔德

奠定人生的基础

你现在处于人生最重要的阶段，所以，爸爸写信给你，与你分享爸爸的人生经验。

嗨！亲爱的女儿，虽然现在的你，已能自己学习和了解许多事情，但是爸爸还是有些话想对你说。也许你会觉得爸爸太过啰唆，不过，我认为现在这个阶段对你非常重要，因此，爸爸想在此时给你一些有用的建议，并且提供我的亲身经历给你参考，希望对你有所帮助。我决定用写信的方式表达，所以，请不要觉得有压力，要耐心地看完！

人生的基础须从小学时开始奠定，现在，正是你学习的重要阶段。你听过"时间就是金钱"这句话吗？这句话的意思是要人们好好珍惜时间，千万不要虚度光阴。不过，说起来很容易，但是真正做到的人却是少之又少。由于很多人在小时候没有善于利用时间的观念，所以，爸爸希望你能从现在就开始了解时间的宝贵与重要性，并且学习如何利用时间。

你知道爸爸很喜欢看书吧？我想，这个阅读的习惯应该永远不会改变。爸爸之所以觉得看书是一件很快乐的事，全是因为我上小学时就已经养成阅读的习惯，不过，我也经常出去玩耍。而且，我从来不认为玩耍所耗费的时间是毫无意义的，因为玩耍可以让我们的人生更加有趣，也能带给我们许多快乐。因此，我认为，什么事都不做才是浪费时间的行为。

未来这几年将是你人生中最重要的时期，爸爸希望你能过得既愉快又有意义，因为这段时间对你的未来将有很深远的影响。

你长大后想成为什么样的人

爸爸希望你能成为一个有梦想的人，因为，有梦想的小孩才懂得如何完成自己的心愿。

你长大以后，想成为一个什么样的人呢？又想做些什么事情呢？

你觉得现在想这些还太早了吗？其实并不会，因为我们所熟悉的伟人，在小时候就已经对未来抱着伟大的梦想，并且在长大后尽全力达成，即使在筑梦的过程中无法获得他人的肯定也不气馁，仍然为了完成梦想而默默努力与坚持。

我们的人生，也会因为小时候的梦想而改变，所以，爸爸希望你也能拥有梦想，如果你还没有思考过自己的未来，那么，就从现在开始好好地想一想吧！

爸爸希望你能成为一个有梦想的人，而且我相信，懂得思考未来的小孩，将来一定可以完成自己的梦想。

我们可以根据你现在的梦想，或是你以后可能会拥有的梦想，一起想想你将来会成为一个什么样的人。所以，把你的梦想告诉爸爸，或许这样对你会更有帮助。

［徐月珠　译］

菲利普·切斯特菲尔德（1694—1773），18世纪英国政治家、外交家、作家，这封写给女儿的书信主要阐述了珍惜时间和拥有梦想的重要性，充满了睿智的建议和犀利的评论，饱含深刻哲理。文字温文儒雅且富于思辨性。

出版说明

本系列图书编选过程中，得到了许多师友的帮助与支持，在此一并致谢。虽经多方努力，仍有部分版权所有人未能于出版前取得联系，我们将委托中国版权中心代存、代转稿酬和样书，也恳请相关版权所有人知悉后与我们取得联系，及时奉上稿酬和样书为盼。

山东画报出版社文学编辑室

2018年9月27日